U0449165

我是照顾死亡的人

〔韩〕姜凤熙 著

徐丽红 译

历来庆生

偶尔悼念　经常关怀

山东文艺出版社

나는 죽음을 돌보는 사람입니다 (I'm a person who takes care of death)
Copyright © 2021 by Kang Bong Hee
All rights reserved.
Translation rights arranged with Sideways Publishing Company through May Agency and CA-LINK International LLC(www.ca-link.cn).
Simplified Chinese Translation Copyright © 2023 by Shandong Publishing House of Literature and Art Co., Ltd.
山东省版权局著作权合同登记 图字：15-2023-66 号

图书在版编目（CIP）数据

我是照顾死亡的人 /（韩）姜凤熙著；徐丽红译.—济南：山东文艺出版社，2024.1
ISBN 978-7-5329-6843-5

Ⅰ.①我… Ⅱ.①姜… ②徐… Ⅲ.①纪实文学—韩国—现代 Ⅳ.①I312.655

中国国家版本馆CIP数据核字(2023)第034043号

我是照顾死亡的人
WO SHI ZHAOGU SIWANG DE REN
〔韩〕姜凤熙 著 徐丽红 译

主管单位	山东出版传媒股份有限公司
出版发行	山东文艺出版社
社　址	山东省济南市英雄山路189号
邮　编	250002
网　址	www.sdwypress.com
读者服务	0531-82098776（总编室）
	0531-82098775（市场营销部）
电子邮箱	sdwy@sdpress.com.cn
印　刷	山东临沂新华印刷物流集团有限责任公司
开　本	787 毫米×1092 毫米　1/32
印　张	7
字　数	105千
版　次	2024 年 1 月第 1 版
印　次	2024 年 1 月第 1 次印刷
书　号	ISBN 978-7-5329-6843-5
定　价	48.00元

版权专有，侵权必究。如有图书质量问题，请与出版社联系调换。

序　言

　　这本书里有我过去为逝者服务期间的所思所想。在这片土地上，没有不悲伤的死亡，而我最后守护的都是相对来说更孤独、更艰难的人。我陪伴他们去了另一个世界，祈求他们在那里不要担心，更不要厌恶任何人。

　　老实说，我不是一个出类拔萃的人，也谈不上多优秀。难以比肩善人，不过泛泛之辈。羞愧刹那满身，瑕疵显而易见，比别人差得远。直到现在我也不清楚，我留下这部记录的决定是否正确。

虽然写下了这些文字，可我不曾妄想自己因此名声大噪，也无意为万众瞩目。说起来，我早已过了产生这种欲望的年纪。实际上，我只是接受了出版社的提议，希望能和那些追随我的人分享我所经历过的死亡现场和葬礼仪式，也希望这份分享有助于减少被邻居和社会忽视与冷落的死亡。我留下的这份记录果真能起到点点滴滴的作用吗？但愿如此。

也不知道怎么回事就开始了。照料"孤独死"的逝者，起先并没有什么深意和宏愿，我也没想到自己会做这么久。不假思索地开始，稀里糊涂地走过来。很多人都问我何以日复一日地做这么艰苦的工作，我并不能给出特别的答案。像我这个岁数的人，大都在安享晚年，和邻居分享美食，或者出门旅行。而我，之所以坚持到现在，是因为在守护他人人生最后一程的过程中感到释然和欣慰。

我无比感谢那些像我一样修完大邱天主教大学继续教育中心的葬礼指导课程，直到现在还坚持在葬礼指导协会服务团工作的后辈。如果没有他们，我就不能开始这项工作，更无法坚持下来。虽然嘴上说我爱管闲事，但无论何时，对于服务团的工作，七个后辈都倾力相助，我对他们表示深深的谢忱。

另外，我也要向与我携手同行的妻子表达无尽的爱和感激。尽管罹患癌症最终转变为重启人生的契机，然而毋庸置疑的是，在我抗癌期间，妻子的身心经受了巨大的痛苦。最近我常常想，真的要特别感谢当时妻子的陪伴。年轻的时候，对妻子疏于关心，遗憾撑开的裂缝还时常浮现在眼前，现在我越发觉得与她难舍难分了。我要把这本书献给默默地注视着我、激励我，与我相濡以沫三十八年的妻子。

姜凤熙，大邱市中区
二〇二一年九月十二日

目　录

第一辑
与你的死亡告别

003　我为死者工作，而不是生者

009　二十多年前，我险些迈过鬼门关

017　关于照顾遗体

023　遗体无所遁形

031　新冠肺炎死亡患者的最后 1

039　新冠肺炎死亡患者的最后 2

049	这片土地上没有无亲无故的人 1
057	这片土地上没有无亲无故的人 2
065	如果人是不能独自生活的动物
073	生死一线牵
079	用绳子捆住死亡
085	临终之际穿什么
091	每个人都将以孩子的面孔死去
097	死后坐豪车有什么用
103	葬礼是生者的游戏

第二辑
死亡边上想到的事

111　第一次擦拭遗体的那天
119　给梦想成为殡葬师的年轻人
125　葬礼，绝对不能任由企业摆布
131　所谓血缘，有点可怕
139　关怀始于「经常」
145　关于遗产和继承

153	虽然家人会忘记他们,但我们……
161	我无法忘记的那个公务员
167	死亡无国境
175	婴儿潮一代是最糟糕的
181	什么是祭祀
187	不要忘记,风水宝地就是「左出租右巴士一分钟」
193	首先要尊重人,其次才是传统和形式
199	长辈消失的时代,教育消失的时代
207	我想要的死亡

第一辑

与你的死亡告别

我为死者工作，而不是生者

我为死者工作。

不知不觉间，我从事这项工作已经接近二十年了。这期间，我收殓了七百多具遗体，并为他们举行了葬礼。之所以置身于殡葬行业，只是因为被照顾逝者这项工作吸引，没有收过任何人的一分一毫。这些遗体中大部分是没有亲属的"孤独死"逝者，以及家属无钱操办葬礼的低保户的遗体。

还记得，第一次做这件事是二〇〇四年。大邱市中央派出所前有个卖炒年糕和鱼饼的摊位，我经常过去吃饭。有一天，我听说那个摊主的丈夫意外去世了。摊主不是赋闲在家的人，每天都忙于养家糊口，日子很紧张，再加上没有能帮得上忙的亲戚，看着有些不知所措。

于是，我出手为遗体入殓，接着操办了葬礼，倒不算是什么大忙。就在前一年，我在大邱天主教大学继续教育中心读完了葬礼指导课程，所以那次只是重温一下学过的内容。因为一场恶疾，那几年我徘徊在死亡边缘，后来终于挺了过来。这好像是我唯一能为别人做的事了。生而为人，还能为他人提供力量，这让我有了小小的成就感。

这样的经验逐渐积累下来，把我带进了"葬礼服务"的世界。二〇〇四年十一月，我组建了葬礼服务团，正式开始发送亡者的工作。当然，最初相信我们、愿意委托我们举行葬礼的人并不多。很多人不理解，为什么我们会在没有金钱补偿的情况下代办葬礼。

那时，平均一年要承办一二十场葬礼。这个数字逐年增加，几年下来，一年就要办七八十场了，去年更是超过了一百场，这还不算因为患新冠肺炎[①]而去世的人。

我负责的葬礼越来越多，这也意味着我们社会的"孤

[①] 新冠肺炎，"新型冠状病毒肺炎"简称。在2022年12月26日国务院应对新型冠状病毒感染疫情联防联控机制综合组发布的《关于对新型冠状病毒感染实施"乙类乙管"的总体方案》中，"新型冠状病毒肺炎"更名为"新型冠状病毒感染"，鉴于本书原版书出版于2021年，本书中仍沿用旧名。——编者注

独死"问题越来越严重。死亡现场就是世间百态。不过，为遗属的悲伤所笼罩且安然地闭上眼睛的死者，我还从来没有遇到过。

如果在送走故人的事上没什么差池，几乎不会有人向我咨询工作上的事。没那回事。如果不是家庭原因，如果不是家庭支离破碎，谁也不会委托我们送葬。

直到现在，我也不会去打听我所安送的死者的个人情况和家庭状况。即便有遗属，同样的艰难处境也是显而易见的。我告诉一起工作的人，我们不是去查户口的，什么也不要询问，只要做好分内的事就行了。

那个人是不是有很多故事……每个人都有自己的因缘，难免浮想联翩，不过我不是想知道这些的人。十多年来，我从没拍过一张死亡现场或葬礼仪式的照片，因为根本没有必要。服务团办公室的文件柜里也没有照片类的资料。对我来说，某个人的死亡只是公文、名字和数字而已。

我们不是拍照向别人炫耀的团体。当然并不是所有的服务团都爱大肆宣传。就我个人而言，实在不喜欢四处张扬，告诉别人我们做了什么。做就好了。当别人称赞我们做得好的时候，平静地接受就足够了。

可以说，做这项工作不是为了活着的人，也从没想过遗属应该来感谢我。你只是与我喜欢的工作发生关联而已，我并不是为你服务。常常，这样念叨着工作。

去年，我为新冠肺炎死亡患者举行葬礼也是出于此意。没有人来做，总得有人来做；既然我能做，那就我做好了。这样不就行了吗？下定决心，便尘埃落定。我是因为喜欢才做这些事，谁有必要对我表示感谢呢？

一说到为死亡服务，大家都很好奇，有人甚至上来就认定我们从中谋私。可以说，从业以来，如果我得到过哪怕十韩元的报酬，我都无法善终。

如果基础生活保障对象去世，国家会提供葬礼补助，十多年前是十万韩元，现在已经涨到了八十万韩元。服务团只接受葬礼补助的话，不足的款项就要用我们的赞助来补贴。

如果有遗属，那么葬礼补助会交给遗属。尽管我们也提醒过，收到葬礼补助后请交给我们，然而很多时候都是遗属花了，分文不剩。这也情有可原。我们不能硬是要穷人的钱。

我们无力置办昂贵的寿衣和上好的棺材，但会竭尽所能地妥善操办葬礼。周围也曾有人怀疑、误解，我也只是一笑而过。既然是做自己喜欢的事，何必看谁的眼色呢？

一边是擦拭死者的身体，另一边是与生者打交道。思考不在前者，便在后者。事实上，葬礼只是让生者安心的形式罢了。死者又能知道什么呢？停止呼吸的瞬间，便无从知晓人世。

身边的人一个接一个地离开了这个世界，总有一天，我也会走到时间的尽头。在这一天到来之前，只要有人向我求助，我就会赶去帮忙。我只是因为喜欢才做这件事。净身，穿寿衣，盛进棺材，搬上灵车去火葬，再把火化后的骨灰供奉到骨灰堂。凡此种种，便是我的工作。

我不是为生者工作，而是为了我自己。活到这个年纪，只是大难不死罢了。人生有涯，我也很清楚自己离死亡并不遥远。

二十多年前,
我险些迈过鬼门关

一九九六年，在工地工作的一天，小便时我突然流了很多血。不是小便带血的尿血，而是血流如注。当天我就去了医院，被诊断为膀胱癌，刚从3期发展到4期。

情况紧急，就在即刻办理入院手续的同时，我被匆匆忙忙地推进了手术室急救。住院一周后，我接受了手术。幸运的是，手术非常成功。之后，我又接受了五次抗癌治疗和六十次放疗。

后来听说，在我接受抗癌治疗和放疗期间，很多前来探病的人都以为我时日不长了，尽管他们当时闭口不谈。原本就瘦骨嶙峋，彼时不啻行尸走肉。即便这样，我还是咬牙挺了过来。要是出现反流，我就在嘴里撒上辣椒面，重新咽下去。任谁看到这一幕都直摇头，说我是个狠人。

尽管这样要强，一九九九年癌症复发的时候，也就是初次发病三年后，从不灰心丧气的我还是有些打不起精神。这次，为了杀死癌细胞，我没有选择继续抗癌，而是吃了损害膀胱的药，药物作用让我痛不欲生。膀胱表皮被削掉后，形成的血块只能通过尿道的小孔取出。

转眼就到了二〇〇二年，我接受癌症治疗已经超过五年。躺在医院里，从早到晚看着窗外，陌生又奇特的场面突然闯进我的视线。当时，我的病房旁边就是殡仪馆。窗户外面每天都有人搬运尸体，人影幢幢。毫无预兆的，脑海中闪过一个念头：我来做这件事怎么样？如果我能为亡者做点儿什么的话……

回想起来，当时我好像陷入了一种怅然若失的愁绪中。晕头转向地忙于生计，忽然确诊致命的重病，而且这病还会不断地复发。我的脑子里杂草丛生："我为什么要这样活？"

如果能活着走出殡仪馆旁边的病房，我希望自己活出个人样。既不用为钱战战兢兢，也无须与人明争暗斗。我能做什么呢？那段时间，我心烦意乱。当时，映入我眼帘的便是殡仪馆。

不想伸手触碰死者的身体，也就是尸体，是人之常情。不过，有人就在那里做这件事。殡仪馆附近照旧步履匆匆，我心里为死者服务的想法却益发激烈。我想，如果我做了世人所忌讳的事，那么我此生也算小有作为吧。

我身高一百八十厘米，体重五十六公斤，性格极其敏感。确诊癌症之前，经常听见有人说我的眼睛里杀气腾腾。

初中毕业后，我就纵身冲到生活的最前线。没上高中，直接干起了安装玻璃和刷墙的活儿。稍微站住脚后，我又开始从事室内装修和建筑业。也许是这个缘故吧，我很小就养成了拼命活下去的秉性。完美主义是什么，我无从界定和分辨，不过一旦犯了错，那种没能臻于至美的懊恼倒是从不缺席。十几岁的时候我就有了这样的性格。

工作几十年，遇到问题，我的原则是破旧立新，而不是拆东补西。施工结束，我去拿报酬的时候，经常会遇到招标方指出瑕疵或者吐露各种不满。比起隐忍对方吹毛求疵，承认他们的责备无可指摘更让我痛苦自恼。我不止一次冲自己发火：为什么没能把工程做好，自毁前程？

经常听人说，我是个"坏脾气的可怕家伙"，不过现在回头来看，我对自己倒没有忍无可忍到这个地步。一切都是缓慢坠落的。无能的痛苦让我自我厌弃，习惯了自我厌恶，便无意识地渐渐走向深渊。一切都起于对自己的追问：别人能做好，为什么我不能？

确诊癌症之前，我就是如此生活。家里没人得过癌症，除了我。家人们也都知道这一点。我的癌症不是来自遗传，而是我的性格和长年积累的压力导致的。

我也算到过鬼门关了，折回来后，我开始逐渐改变。本心也好，天意也罢，反正从那个时候开始，我试着腾空心灵，承认自己的缺陷，每天都让自己尽量过得愉快。做手术，接受癌症治疗，我的体重反而开始增加了。抗癌期间，我的身体在好好"休息"。身体好像意识到要放下利害关系，不愿再硬抗压力。身体放下一切，内心竟会如此悠然，我也是那个时候才了然的。

最初确诊癌症、做完手术后的那段时间里，我和妻子时不时会去八公山附近兜风。一天，路过八公山南半山腰的符仁寺时，我按捺不住地想进寺庙——虽然我是个没有宗教信仰的人，身体也不好。随兴而行，就迈步趋近。

最重要的是，坐在佛堂里，内心安宁无比。我跟那里的人打招呼。听了我的故事，大家纷纷安慰我。有了这次结缘，之后几年里，我和妻子经常往符仁寺跑。

我在那里帮忙剪草、修寺庙，我的饭碗问题也解决了。有时也跟人一起出去游玩。因为抗癌治疗，我的头发差不多掉光了，只剩下额头的了，但我经常听到这样的话："处士又长出新头发了？脸上也有光了。"现在想起来也是值得感激的安慰。他们都是温暖而善良的人哪。

放空自己。人生本来就一无所有，赤条条而来，赤条条而去……这是佛祖的教诲，也是我去寺庙之后日思夜想的领悟，又是否影响到了二〇〇二年我在病房里所做的决定呢？

之后，在二〇〇三年，我学完葬礼指导课程，接着第二年就开始做这项工作了，一直到现在。起先，周围人当然是很强烈地反对，加上孩子们还在上学，于是我只能选择兼顾建筑本业和葬礼服务。每次帮助生活困苦的人办完葬礼，我的内心都很舒坦。没有别的理由，只是缘于喜欢。清空心灵，消除欲念，自然就获得解脱。

二〇〇九年，两个孩子都大学毕业了。无须再委身生计，我也就彻底离开了建筑行业。也是从那时起，我全力以赴地投身于葬礼服务业。事实上，"全力以赴"这个说法并不准确。我是优哉游哉地等待，遇到需要我的人，我就走过去。转眼十多年了，我从未后悔过这样的生活，也没想过放弃。

只要是我认定的事，我不会瞻前顾后。我是那种九头牛都拉不回的老顽固。过去是这样，现在还是如此。当然不能否认，这是驱使我坚守这项事业将近二十年的原动力。

关于照顾遗体

不知不觉，对在太平间或死亡现场遇见遗体已经习以为常。我盛殓尸首。现在后辈们都劝我退后休息，不过，在太平间亲手为遗体清洁更让我感到舒心。我过的是"殓葬人"的生活。

即便是两手空空、身无分文的死亡，即便是无人哀悼的死亡，即便常言道，葬礼最终不过是对生者的安慰，但对于死者，我们也应该给予一种礼遇。我对此深信不疑，殓葬人正是为守护这点而存在。

在殓袭的过程中，将遗体擦拭得干干净净这道程序就叫"袭"。收到遗体，首先要脱下尸身的全部衣物，从手、脚开始净身，还要洗头发。

近来，擦拭遗体时会用到酒精，以前用的是把檀香木切成小块泡在水里制成的香水。香可以防止尸体腐败，掩盖尸体腐败后散发出来的味道。以前还在灵堂烧香，也是为了用香气掩盖尸体腐烂的气息。

殓葬人和殡葬师本来就是为了防止尸体腐败和感染而诞生的职业。尽管现在已经无此忧虑，不过保健总还是处于第一顺位。至于新冠肺炎死亡患者，要求去世二十四小时以内必须进行火化也是出于这个考虑。

殓袭之前，如果尸体僵硬、扭曲，就必须先将之平卧。如果尸体僵化，姿势又不便于清洗，那就要先加热尸体，舒缓肌肉。要是急于开展工作，漏掉这个环节，很可能会折断身体关节。

如果花费大量时间加热肌肉，慢慢地活动关节，那就能感受到原本僵硬的肌肉和关节会逐渐松弛。在殓袭的过程中，也会遇到尸体手脚向内蜷曲或者紧握拳头的情况。原本松弛下垂的肌肉突然僵硬绷紧，或者面部露出很微妙的表情，这样的情况并不少见。这是因为呼吸停止后肌体的细胞还延迟地活着，尸体是逐渐僵化的。

每当这时，我会慢慢地让遗体放松下来。无论是净身的时候，还是穿寿衣的时候，我都要向遗体传递热气，同时说，"现在安心走吧"。偶尔，我看见自己抱着殓袭台上僵硬的尸体喃喃自语的样子，也忍不住笑出声来。

洗澡的步骤完成了，接下来就是面部。如果遗体是男性，刮脸就尤其重要。刮脸是送别男性故人时最有诚意的一道程序。刮脸的时候，如果稍不注意，或者刀口不利，就很容易留下伤痕。所以要先用温暖的毛巾湿润面部，充分涂抹面霜，然后才开始刮脸。刮完脸，还要扑上护肤水。

如果是女性遗体，需要格外留心的就不是刮胡子，而是梳发，涂护肤品。一般在殡仪馆，精心进行面部化妆是很常规的流程，我因为始终秉持自然为美的观念，所以不会格外给面部化妆。

我也一向认为，女性故人应该由女殡葬师来殓殡。毕竟清洗遗体的时候，需要脱得一丝不挂，尽管逝者已矣。这样是否失礼的顾虑长期萦绕心头。如有可能，最好还是女殡葬师为女性死者服务，男殡葬师为男性死者服务。我也会尽量把女性遗体交由团队中的女性来殓殡。

现在，遗体的躯体、头发和面部都清理好了。之后，还要用棉花堵住耳、鼻、口等面部孔穴和肛门。人体内最早变质的是内脏，因此就要事先挡住脏器腐败后气味外泄的所有出口。堵上棉花之后,还要为遗体穿上由韩纸①折叠而成的纸尿裤。人死之后,肌肉放松,最容易松弛的是括约肌。

最后,还要把双手叠放整齐,用殓布绑好胳膊和腿,掩上眼睛。为了防止嘴巴张开,还会竖起头部,将下巴和头发捆绑在一起。做完这一步,再给双手叠放的尸体盖上白布。

至此,照顾遗体的工作基本上就完成了。换句话说,捆绑尸体入棺之前的程序宣告结束。有时遗属会参与这个过程,有时是殡葬师完成后才开始迎接遗属。我的情况有所不同,绝大多数时候没有遗属守望。如果没有遗属,我会陪同妆毕的亡者前往火葬场。

照顾遗体是严肃而有福的劳动。我常常觉得,这是文明的基础,能让人更有人情味。我精诚殓袭的遗体,最后出现在与之相爱的遗属面前,世界上没有比这更有意义的

---

① 韩纸,韩国传统手工纸的统称,又称高丽纸。——编者注

事情了。

即使独自离场,至少有人陪伴至生命的最后。守望孤寂之死,让故人临终一刻不那么寂寞。有时也会对自己的工作感到一丝自豪,每当这时我就会回家跟妻子分享炫耀。

遗体无所遁形

遗体从实记载着逝者的生平与死亡,无法隐瞒,无法欺骗。

孤独终老,隔了很久才被发现的遗体,深深地刺痛了我们的心。一般来说,夏天尸体易腐败,蛆虫沸腾,冬天则易流失水分,干瘪枯萎。风干了的尸体倒不难清理,问题是夏天。

最麻烦的是,尸体腐烂的气味实在难闻。不妨想想小区里小动物死后散发出的味道,何况还要严重几倍呢。无论人兽,腐烂的味道都是刺鼻的。

夏天,尸体遭到破坏的情况也很常见。如果是在院子里咽气,那么只消一周时间,死去的身体里就会长蛆。遇到这种情况,首先要喷洒杀虫剂,消灭蛆虫。令人痛苦的是,往人身上喷洒的杀虫剂同样难闻,丝毫不亚于尸体的气味。

尸虫往往滋生于眼睛和肚子，然后到处蠕动。喷了杀虫剂、撒完石灰粉之后，还要用袋子密封一两天，以便杀尽爬满身体的蛆虫。之后，取出尸体，用毛刷抖掉虫子的尸体。

接下来拿脱脂棉蘸上酒精，尽可能轻柔地擦拭起伏不平的尸体，再用韩纸包裹好。偶尔也会遇到损毁严重的尸体，穿不上寿衣。别无他法，小心地把尸体擦拭干净后，连同叠好的寿衣，一起放进棺材里。

无论寒暑，"孤独死"的人常常没有眼睛。身体的其他部位都还完好无损，唯独眼球赫然洞开。尸体上皮肤最软、最先腐烂的部位就是眼睛，夏天蛆虫横生，冬天干瘪凹陷。就像鱼的眼珠会萎缩，人死后眼睛也会不自然地消失。

虽然尸体的表情总是平淡而舒展，但看到瞳孔空空荡荡的，还是难免感到毛骨悚然。那不是我们日常所见的面孔，心情当然不会好。起先我也觉得很难面对，时间一长，也就习以为常了。

但凡生前有人稍加照料，遗体也不至于如此凶神恶煞……像这样独自死去且尸体被弃置不顾的逝者，通常会被警察记作意外事故者接收。接到警察通知，遗属赶往现场，每个人都痛哭流涕，经常听到"对不起，没能经常联系"或者"我也没想到会变成这样"之类的话。

尤其盛夏，如果毁损严重，遗属们也很难现场察看遗体，更别提触摸了。那么，他们能做的就是稍后在太平间里抓着棺材哭丧了。发现得太晚，尸体已经开始变质，这当然让人悲伤。即使了解不了来龙去脉，我们也能真切地感受到他们血脉相连，更能理解他们内心深处的遗憾和叹惜。

独自在家酗酒而亡的，不在少数。死于酒精的人，通常会在去世时吐血。如果到他们的家里看看，除了腐败的尸体让人觉得可怕，现场本身也很凶险。鲜血喷溅全身，血迹遍布满屋。触目惊心，无以言表。

那气味突袭猛进，让人恶心得想吐，与下水道的味道相比，有过之无不及。以前遇到过很多这样的情况，房间里到处是血迹，需要擦拭、收拾。我总是一边清理，一边嘟嘟囔囔骂个不停。死者通常在四十五至六十岁之间，也碰到过六十出头的，总归比我年轻。"少喝点儿酒，好好活着",清理遗体的时候忍不住念叨这句话。

病逝之人,特别是死于肝病的人,腹水很多,以至腹部高隆,无法为之在外穿上寿衣。要是穿上寿衣再系带子,异物就会涌上口中,所以必须先尽量排除腹水。

这些液体无法通过肛门排出,因此我们只能不停地揉搓按摩,使之流出嘴巴。就像从溺水者的肚子里抽水那样,必须反复往上按压和推拉腹部。我们会让尸体侧卧,像横躺睡觉那样,脸朝外,嘴巴对准垃圾桶。至少要按压三十分钟,的确是个苦差事。

排泄物清理得差不多了,腹部会稍微瘪回去。现在要准备特殊的药品,这种药品遇到液体会凝结为固体,那就需要让尸体平躺下来,然后将沾有药品的纱布塞入口中。药粉在口中凝固,腹水就不能从嘴角流出。堵住尸体的全部孔穴之后,我们会重新擦拭尸体,再为之穿寿衣。

普通人很难想象腹水的味道。按压腹部的时候,我也只能暗自腹诽:"喝个差不多就行了,非得把身子喝垮……"

车祸身亡之人,剧毒致死之人,自缢而终之人……每个死者都怀着各自的苦痛,都在死去的身体上留下痛苦的痕迹。临终之际的痛苦被尸身记录下来,走向了火葬场。

从那些生前长期居住在疗养院的人的尸体上,也能确认类似的痕迹。很多人在那里待久了,四肢僵硬,单凭人的力量根本无法舒展。我的体温完全派不上用场了。

不管怎么说,在疗养院里,通常是一个护士或护工照顾很多人,许多恶劣事件难以避免。患者需要日常活动和运动才能保证关节不僵硬,然而年迈者往往行动不便,动弹不得。可是,关节长时间不用就会逐渐硬化。老人们害怕麻烦,自己不敢乱动,看护的人又容易疏忽,结果可想而知。

对于死后僵化的身体,我们慢慢努力,尚且可以把尸体变柔软。如果去世之前关节已经硬得像石头了,那我们也无能为力。无可奈何之际,我们会在尸体背部放置七星板[1],勉强把尸体固定在上面。拉直尸体的四肢,用麻绳把四肢捆绑到背部的木板上,这样可以避免弄碎关节。于

---

[1] 七星板,铺放在棺材底部的薄木块。因模仿北斗星钻出七个孔而得名。——原注

逝者而言，这样恐怕多有冒犯，我们也只能在心里致歉了。

但是家属们听到如何将遗体固定在七星板上的说明后，通常不会有什么反应。哪怕听说逝者关节硬化，无法舒展，哪怕听说逝者在棺材里不能平躺，他们也不会表现得特别悲伤。尽管家属们也为没能常来探望和照顾而深感歉疚，然而在现场通常感受不到他们的悲痛和哀伤。很多瞬间让我想到那句老话，久病床前无孝子。

最近，也许是新冠肺炎疫情的缘故，类似的事更是层出不穷。没有疫情的时候，家属尚且可以常来疗养院，给老人按摩胳膊和腿。疫情来了，见一面都难，更不用说按摩了。

今年年初，一个长期住院的老奶奶去世后被送了过来。被子下面是具矮小的遗体，平平静静地躺着，起先我还以为没有下半身。这是没有双腿的故人，这样想着我准备开始殓袭，揭开了覆盖在遗体上面的单被。令人意想不到的是，老奶奶竟然结跏趺坐。问题是，跏趺的姿势过于僵硬，无法舒展。

我总觉得奇怪,于是给医院打电话咨询。对方告诉我,患者原本就是这个样子。长期保持这个姿势不变,是不是因为有什么疾病呢?最后,用七星板也无法舒展这个老奶奶的身体,我们只能把遗体原封不动地放进棺材。老奶奶的葬礼上,没有遗属。

无论是否有人目睹逝者最后一刻,死去的身体都在为逝者的生平和死亡做证。我们说,这是遗体开始言说,以独有的方式。

不是活着的时候,而是去世后留下的"话语"才最准确,很多时候就是这样,尽管没有人听得到……我在听。这也是我的本分。

新冠肺炎死亡患者的最后1

二〇二〇年二月二十五日,一通来自市里的电话开启了我的一项新工作。

电话那头说,大邱市政府商业科的负责人马上要来我们办公室。这个负责人长期在管理像我们这样的非营利法人的部门工作,经常合作,彼此都很熟悉。接到那个从来没有打过交道的市政府职员的电话以后,我不由得心里打鼓:难道我们做错了什么吗?

我是个急脾气,没等那人来,先找到了市政府。负责人什么话也没说,先给我倒了杯茶。我没喝茶,开门见山地问:找我什么事?

他小心翼翼地开口。原来,当时已经有人死于新冠肺炎,然而大邱市所有的殡仪馆都不愿意收那具尸体。患者去世之前流言四起,病逝后却无人问津。"团长能不能费费心呢……"说到最后,他的声音已经模糊不清了。

二月的大邱，情况非常严峻。二月二十日，首例与"新天地"教会有关的新冠肺炎死亡病例在清道郡①出现。二十三日，大邱出现第一个死亡病例。几天之内，新增的确诊者已经有数百人，整个城市都被恐慌的气氛笼罩着。

现在已经积累了应对新冠肺炎的经验和力量，不再惊恐无措，然而当时并非如此。一切都是闻所未闻、见所未见，一切都让人担忧和恐惧。不过，我怎么也没想到，因为新冠疫情，市政府会找到我。

听完负责人的话，我感觉自己好像挨了一记闷棍。说实话，我脑子里冒出的第一个念头是：为什么找我来做这件事？

"为什么要跟我说这些呢？为什么不在医院专门的殡仪馆里做呢？"我直言。他说情况就是这样，恳切地拜托我。

面对这个突如其来的请求，我头脑思绪万千，心里犹豫不决。"真的没有人愿意做这件事吗？"再三询问，答

---

① 郡，韩国行政区划单位之一，相当于中国的县。——编者注

复依旧。现实的确如此,因为害怕感染,谁都不愿意伸手。负责人只是反复说一句话:"我该怎么拜托团长呢?"

我说需要再考虑考虑,便离开那里回了办公室。我打电话给周围认识的医生们,询问有关新冠肺炎的情况。听说我要负责这份工作,电话那头都为我担忧,不过他们也告诉我,可以确定的是,如果宿主死了,那么病毒也会死亡,当然也就不会像活着的时候那样移动。无一例外地,再三嘱咐我,千万要穿好防护服,还要尽可能地小心。

听了医生们的话,我觉得只要严防,就不会有大碍。又想:那就小心行事吧,反正总得有人做啊。要是都躲得远远的,还能让谁来做呢?

这样下定决心后,我便开始与同事们一一联系。服务团的后辈中,我最先给能开灵车的人打了电话。我们已经共事很久了,然而,刚听完我的话,他立刻跳了起来。"哎呀,这样的形势下您说什么新冠肺炎尸体?大哥为什么又去管那些闲事了。我们万万不能插手,您为什么非要把这种事交给我呢?"

然而,我不是那种听别人一句劝就会放弃的人。"喂,死不了。我已经给医生打电话了解过了。"总算说服了他。平时只要是我认准了要做的事,这个后辈都会热心帮忙,所以别看他起先一口否决,最后还是答应了我。

别的后辈也是这样。刚开始都犹豫不决,最后也都同意了。随后,我就给市政府的那位负责人拨了电话:"好,既然必须有人来做,那就交给我们吧。"

二〇二〇年,我们就这样开始了照顾二十四具新冠肺炎死亡患者的遗体的工作。

三天后,市里的大学医院联系我们,说有个一九五〇年出生的新冠肺炎患者去世了。当时,我们还没有做好准备,只有市里支援的防护服。

如果新冠肺炎患者是在医院去世的,那么按规定,必须确保患者身穿病号服,并在去世后二十四小时以内进行火化。尸体必须用塑料袋密封,再用医用的裹尸袋重新包好后装进棺材。我们得到市里的指示,将密封于裹尸袋的尸体放入棺材,再用绳子捆好,完成"结棺"程序后送到火葬场就行了。

于是，只穿着防护服，我们就赶往了医院。医院设有专门安置新冠肺炎患者的病区，死者身穿病号服，躺在移动式病床上。尽管以往也进过医院的传染病病房，但第一次走进新冠肺炎病区接死亡患者的时候，我还是感到不寒而栗，因为当时还以为得了新冠肺炎的人都会死。

我和一个后辈穿着防护服进病区看尸体。很奇怪，尸体并没有经过任何密封措施处理。当时，我们看到后一头雾水。因为这和我们从市政府那里听到的说法不同，跟指导手册的内容也有出入。

前面说过，处理死者遗体之前，我们明明听市政府商业科的人说过这样的话："进入病房，那里会有装在裹尸袋里的尸体。殡葬师将尸体放进棺材，暂时加以保管，去火葬场火化后，再安置好骨灰就行了。"此外，指导手册上分明也有类似的内容。

新冠肺炎患者遗体处置指导手册上这样规定，出现死亡病例时，医生必须将尸体放入裹尸袋。我们原以为按照指导手册的说明，接走密封状态的尸体就行了，然而事实却是，医生并没有履责。不同于一般人，因传染病去世的人仍然具有传染性，密封尸体是医护人员的义务。尽管应更加小心行事，然而死亡现场和指导手册却大相径庭。

那又能怎么办呢？我们也不敢在病房里跟护士和医生计较。当时医院的气氛也很紧张，不是可以争长论短的局面。第一次经历这样的事情，每个人都很慌乱，没有心思。更何况，也难开口让医生或护士留步。封闭的病区里，医护人员都忙着照顾病人。

这种情况下，似乎也不可能完全按照指导手册去执行，我就出去拿来了塑料袋和裹尸袋。我和后辈用塑料袋把尸体封了两层，而后装进裹尸袋，结棺后便离开了医院。我们驱车前往火葬场，就在没有遗属，甚至没有人认识死者的地方，默默地履行了火化程序，最后接过骨灰盒。那天，我们一直穿着防护服。新闻报道全是新冠病毒正在大邱蔓延。

新冠肺炎死亡患者的最后 2

二月二十八日上午，前去接收第一具尸体之前，我向妻子透露，"今天要接收新冠肺炎死亡患者"。说明原委后，我又劝慰妻子，只要穿好防护服，就不会有问题。听完我的话，妻子深深地叹了口气。"你那么固执，谁说得动啊？"她一边说，一边瞟我。

我没再说什么，出门买了成抱的消毒药和给汽车用的消毒喷剂。从那天开始，每次给新冠肺炎死亡患者的尸体消毒后，我都不能马上回家。妻子干脆不给我开门。我不得不在家里院子中找个死角，在水管旁脱下衣服冲淋浴。

每天早晨，妻子都陪我往汽车内外喷洒消毒剂。处理新冠肺炎死亡患者遗体的工作还在继续。因为当时四岁和八岁的孙女都经常来家里，所以我格外留心。

前面说过，第一个死亡患者是在医院里去世的，就在第二天下午，市里某别墅中再次出现死亡患者。这个人独自生活，在保护所里接受了新冠病毒有关检查后，回家不久便去世了。去世的当天早晨，儿子儿媳还去过他家。

那时，大部分人并不知道自己有没有感染新冠病毒，新冠肺炎具体有什么症状也不是很清楚。家人确诊新冠肺炎而突然去世，遗属该多么惊慌？而对我们来说，殓殡在家去世的死亡患者还是头一遭。我们必须事先准备好塑料袋、裹尸袋和棺材，把它们运到死者的家里。

我们接到大邱市情况室的通知，晚上八点左右赶到了别墅。119消防车也和我们一起停在楼下，我们都穿着防护服，严阵以待。过了很久，警察还是没来。如果确认有人在家去世，而且没有遗属，按理警察会赶到现场，请来法医，保护好现场，而后我们才能进行殓殡程序。警察不来，我们也都束手无策，只能在别墅前等待。

很快就到了午夜时分。我气得给情况室打了电话。我告诉那边我要回家了，质问他们到底在干什么。那边请求我稍等片刻。

社区邻居们的打探也让人备感苦恼。119消防车原地等了几个小时，身穿防护服的人抬着棺材待命。全社区的人都出来了，围着我们打听出了什么事，死者去世的原因，为什么不快点儿送走，等等。我不敢说楼上的那个逝者是死于新冠肺炎。否则，整个小区都会闹翻天。

零点过半左右，警察终于来了。我问他为什么现在才来，警察的回答令人哭笑不得。"得新冠肺炎死的，谁愿意来啊？"警察也没怎么验尸，说既然确定死因是新冠肺炎，那就送走吧。说完，警察扬长而去。我们抬着棺材爬了四层楼梯，三个人都累得气喘吁吁。怎么会这么累啊……我们先把尸体运往专门负责传染病死亡患者的大邱医疗院安置室，第二天送去了火化。

儿子、儿媳妇当天上午和确诊患者接触过，身为家属本来应该尽快隔离，但也没隔离，而是和我们一起站在别墅前，直到深夜。幸好两个人的核酸检测结果都是阴性。遗憾的是，没能一起去火葬场。在两人解除隔离后，我们安置在骨灰堂的骨灰盒被取走了。

三月和四月，每隔几天就会出现死亡病例，让人不得不埋头工作。当时，新冠死亡病例的情况既危重又悲伤。临终之际，死者不仅身旁没有人守护，而且必须在去世后二十四小时以内火化。至于举行葬礼，则是根本不敢奢望的。这是近亲遗属们无法守护故人最后时刻的死亡。

如果家属接触过确诊患者，那么必须在家隔离，即使核酸检测结果为阴性。如果患者在隔离期间去世，家属也不能去火葬场。未曾和确诊患者接触过的非共同居住遗属，可以穿好防护服去火葬场，目送尸体进入火炉完成火化，最后再带走骨灰盒。至于前面讲到的第二个死者，因为家属在隔离期无法前来，我们只好把骨灰暂时交由大邱市立骨灰堂的无亲属安置处保管，等他们解除隔离后再去领取。

正因如此，大部分遗属都没能亲眼送亲人最后一程，看到的只有骨灰盒。别说"三日葬"，遗属们甚至看不到故人的遗体。这样的死亡怎能想象？转眼之间，传染病让亲人化为灰烬。

火化的瞬间同样寂寞而安静。我向市里报告尸体已经完成殓袭后，市情况室便会联系火葬场。大邱火葬场会在当天下午四点，最后的火化场次即第九场次结束后，安排大部分职员下班，做好接收死亡患者的遗体的准备。火葬场里空空荡荡，只有必要的工作人员。五点刚过，开始火化新冠肺炎死亡患者的遗体。

四月初去世的一个患者是个体出租车司机。开车回家的路上,他突然感到身体不适,便去了医院。在医院里接受检查时被确诊为新冠肺炎患者,而后他就直接办理了住院手续。住院的时候,只随身带了一部手机。

刚开始病情并不严重,患者自己也觉得不会怎么样,他在医院里还和家人保持通话。家属们也都觉得他很快就能好起来。一周多的时间,甚至临终之前,每天都在通话。谁知,突然就去世了。这真是飞来横祸。好好工作,下班回家的路上感染新冠病毒,做检查,住院,整个过程中没有见过孩子们,最后在无人相送的地方悄然去世。原本健健康康的人猝然长逝,恐怕再也没有比这更荒唐的了。

面对这样的情况,一些家属闹得沸沸扬扬。"他的确是患新冠肺炎走的,可国家没有作为也是事实。没有应对措施,甚至没有安排灵堂,这像话吗?"家属向媒体愤愤不平地宣泄。可谓闻之者悲伤,见之者陨泪。

我也不能为死者做什么……我们为死者家属支付了防

护服的费用。如果来一两个家属的话，通常是由火葬场提供防护服，个别情况下，未曾跟故人接触过的遗属来很多的话，火葬场方面难以提供更多支持。这时，为了尽可能地让遗属们都见证尸体的火化过程，我们便拿服务团的预算来支援。我们只是希望溘逝的死者不至于显得孤零零的。

寿衣也是如此。新冠肺炎患者遗体处置指导手册上不会出现穿寿衣之类的指示，我们也没听说市里会支付寿衣费用。我想，尽管不能穿，还是盖在身上吧。我们从服务团的预算里挤出经费，遗体来了，就为被放置在塑料袋上的遗体覆盖寿衣，然后再盛入裹尸袋。

可是有一天，我还是挨骂了。那是四月中旬，我正为一个在自己家中去世的老奶奶殓袭遗体，她的两个儿子找到了火葬场。二儿子跟我说，很感谢我能侍奉他的母亲火化。大儿子则指责我不给老人穿寿衣，粗暴对待遗体。直到离开火葬场，还对我骂骂咧咧。

"因为是死于新冠肺炎，我也没有办法。指导手册是这样说的，穿着病号服，用塑料袋和裹尸袋包好之后入棺、火化，只能如此。不过我们也把寿衣叠整齐，放进裹尸袋了。"做了解释，却不被理解。当然我也知道，那是他抑制不住悲伤，所以冲我发火。尽管如此，心情还是很郁闷。

四月底，一个七十多岁的男性患者不治去世了。死者的女儿直接和我们取得了联系，告知我们这个消息。老人还有个儿子，当时好像已过而立之年，还在国外留学。听到父亲生病的消息后，他便着手准备回国，然而就在回国途中，父亲去世了。

本来，新冠肺炎患者的病房环境是不能对外公开的。用裹尸袋密封遗体，再放入棺材，这个过程遗属看不到。殓袭之后，也不可能再向遗属展示。可是，姐弟俩一起找到我们，老二说自己已经好几年没有见到父亲的面了，恳求我们无论如何也要让他们看看父亲的脸。

我也左右为难。按说只能照指导手册去做，但推己及人，我也是上有父母，下有子女，这样的规定真的毫无人性。我诚恳地嘱咐姐弟二人，本来不能向遗属展示遗体，考虑到他们情况特殊，就破个例，千万守口如瓶。两个人都答应了。

我让来到新冠肺炎病区的姐弟二人穿好防护服，站在我指定的位置，不能再向前迈步。随后，我在距离遗体七八米的地方放了两把椅子，让他们站在椅子上，往我这边看。我重新打开已经结棺的棺材，露出遗体全身。远远地站在椅子上，隐隐约约地看见了父亲的遗体，他们号啕大哭，说父亲受苦了。看到两人痛哭的样子，我也忍不住泪流满面。

裹尸袋打开了，遗体穿着病号服。两人渐渐平静下来，问我为什么没给他们的父亲穿寿衣。我向他们解释了程序，告诉他们新冠患者的遗体只能这样安置。又告诉他们，已经为遗体覆盖了寿衣。我再次折叠寿衣，重新盖好。他们对我表示感谢。看到他们边哭边向我致谢的样子，心里略微感到欣慰，至少自己做的事不是无足轻重的。

二〇二〇年五月十六日，殓殡新冠肺炎死亡患者遗体的工作宣告结束，前前后后总共殓殡了二十四个死者。从第一例死亡患者出现至今，两三个月过去了，殡仪馆也认识到，只要妥善火化死者的遗体，就不会有什么问题。从那以后，礼堂和企业开始着手做这项工作，当然其中一方面是为了赚钱。

既然有企业来承担这项工作，我也就没有必要再插手。能做到这个程度，我自认已经足够了。两三个月的时间并不很长，然而对我来说却是一段独特的经历，思绪难宁。在这场突如其来的疫情中，得以目送二十四个患者最后一程，于人于己，都多少获得了些许慰藉。

那之后，新冠肺炎疫情的痛苦仍在全世界蔓延，不过对于二〇二〇年春天的大邱来说，前所未有的袭击实属当头一棒，日子异常艰难。活了六十八年，我还是第一次看到那种死亡模样和死亡现场。这也让我从根本上重新思考，人类应该如何面对死亡，以及人类和葬礼的意义。除此之外，也让我再次坚定了自己的信念，人不能就那样死去。

这片土地上没有无亲无故的人 1

虽然这场新冠疫情斩断了死亡患者在人间的一切因缘……

我们当中没有人是无根的。如果有人是从天而降,那么我们可以称之为无亲无故。

可是,世上哪有这样的人呢?我们每个人都有生育自己的人,大部分人也都有自己的骨肉。只是有的人和亲属断了联系,或者亲属回避、排斥,以至于最后独自死去,沦为"孤独死"之人。

如果父母和子女日常联系,相互问好,那么电话打不通时就会想,"为什么不接电话"。即使不是家人而是朋友,只要有联系就没问题。如果放任不管,一副无所谓的态度,一个月、六个月、一年过去了,自然就生出这样的声音。

只要不是极为特殊的情况,我们都处在或深或浅的亲缘关系中。可是有亲缘关系又怎样呢？过去十五年间，我经常碰到这样的情况：明明不是无亲之人，却又像无根无蒂似的孤独地死去。

我们生活在家族断绝的时代。从前，一个村庄的人像同属一个大家族般紧密相连，如今我们身边再也没有那样的关系了。我的邻居当中，有人去世几周，甚至几个月都无人知晓。现在，这样的现象好像愈演愈烈了。

因为"孤独死"现象，社会上话题不断。偶尔，会有记者或旁人问起我的看法。我总忍不住疾呼："发生这样的事故后，与其写报道或者滔滔不绝地朗诵什么理论，还不如行动起来呢。如果周围有独居的人，就经常联系，赶紧去拜访吧。"

这段时间，关于"孤独死"，电视等媒体讨论了很多。每次谈到这个问题，我都感觉自己的嗓门儿不由自主地提高了，话也多了。

独居的老人越来越多了。听了那些社会人士的话，只会徒增忧虑。很多人独自生活，心里常常会想，死后谁来给自己收尸。

一位八十多岁的爷爷,独自住在大邱市内的租赁公寓里,每年都会跟我联系两次。我快要忘了的时候,总会接到他打来的电话:"团长,您还好吗?"如果他住院了,便会打电话告诉我他在医院。我去医院探望过几次。老人出院之后,我也登门拜访过一次。

三四年间,我一直能接到这位爷爷的电话。他身体还算硬朗,不过每次都殷切地嘱咐我,无论何时,后事就拜托我了。每次通话,我都会跟他说:"老人家,您就不要太担心了。"

一天,一个陌生号码打来了。原来是那位爷爷的熟人。他向我传达了老人去世的消息。我问他怎么知道我的电话号码,他说老人房间的墙上贴着我的名片。

通话的时候,眼泪自顾流下来。很久以前,刚刚开始从事这项工作的时候,我跑过郊区的租赁公寓,分发了宣传册和名片。生活困难的人随时可以来找我们,也有人看到宣传后打来电话……我为那位老人操办了葬礼,将他的骨灰送到了市立骨灰堂的无亲属安置处。

还有一次，听说某个破旧社区里有个老人去世了，我连忙赶了过去。这个老人也是一个人住，孤零零地走了。我去的时候，公务员和尸检医生正守护着遗体。尸检医生告诉我，老人走得很安详，遗体也非常干净。

我四下看了看房间，惊讶于老人打理得如此整洁。老人有很多好衣服，虽说看不出贵贱，但称得上保养甚佳。一起来看遗体的邻居也都说，老人生前很爱干净。

这样的老人家，要是膝下有子该多好啊……我到区政府咨询，没有找到与他有亲缘关系的人。又是一位没有亲属的死者。

没有亲属，又需要打扫房间，我和妻子就过来帮忙收拾。老人住的是日本侵略时期建造的敌产房屋，在二楼。想到这位干净整洁的老人在近百年的房屋里独自去世，我心里非常难受。

我把逝者的衣服分给有需要的邻居，剩下的大米也分发给了大家。竟然还有台洗衣机，也不知道是怎么搬上来的。洗衣机没法走楼梯，只好用绳子运下来。最近有了帮助故人收拾房子的企业，几年前还很难找到这样的公司。按照当前的情况来看，一直以来我还承担了很多帮助故人管理遗物的工作。没有报酬，只是因为看到那些过得艰难的人自己心里难受，就在妻子的帮助下一起收拾和整理。

除了这些凄凉的死因，更多的"孤独死"则是遗属故意回避造成的。尽管有家属，但是彼此从不问候，也不关心对方过得怎么样。这样的情况比比皆是。未免太无情了。

有位老人在某个小村庄的旅馆里去世了。听说起因是在出门办事回来的路上突然跌倒了。邻居们搀扶着他回到旅馆一楼，结果情况越来越不好，于是打了119①急救电话。老人刚到医院就去世了。

通知了遗属，但谁都不愿意来。瞬间让人火冒三丈。周围的人不约而同地说这位老人平时对邻居很友好，热情极了，非常热爱生活……老人是那么热情地生活，然而问过区政府才知道，家属们已经签署了弃尸承诺书。我为老

---

① 119，韩国常用紧急电话号码，除用于消防救援外，还用于医疗急救等。——编者注

人殓袭遗体,又把骨灰放入无亲属骨灰盒。回来之后,伤心难止。

每次去那个小村庄,我都感到心痛。那里几乎不具备居住的条件。夏天酷热,冬天凄冷。生活条件太简陋的话,很容易挫伤人的生存意志。宽敞舒适的房子里,几乎不会发生"孤独死"的情况。陋室里出现惨死,这并不令人惊异。

有一次,我殓袭了一个在半地下室去世的死者的遗体。当时,在医院见到了死者的女儿。女儿竟然完全不知道自己的父亲生前过的是什么样的生活。我没有追问他们父女断绝联系多久了。女儿一副很受打击的样子,但是什么话也没说。

万幸的是,去世没几天就被发现了。平常每天都会碰面,已经三天不见动静了,房东奶奶觉得奇怪,站在外面喊,一直听不到回应,这才发现他已经没了呼吸。对于同住的邻居,房东奶奶都给予了最低限度的关心。

那就这样也好。女儿稍微关心一下父亲,稍微再多点儿交流,这样很难吗……无处可依,无处可靠,就这样孤独地走了。那个家庭到底有什么缘故呢?

从火葬场回来,我和服务团的两个后辈,还有遗属,去了死者住过的半地下室。死者的遗属只有女儿一人,需要我们的帮助。房间里散落着几十个烧酒瓶和十韩元、百韩元的硬币,死者的女儿一边收拾,一边落泪。我们无话可说,只是默默地帮她收拾。

这片土地上没有无亲无故的人 2

这片土地上没有生来就无亲无故的人。每个人都有亲人。问题在于，也许故人活着的时候犯了什么错，以致在家贫如洗之际和家人断绝了关系。

如果家境优渥，没有谁会变成无亲无故之人。无论如何，都会相互关心，确认对方是否安好。不管无依无靠的起因是什么，可以肯定的是，家庭成员也举步维艰。

"孤独死"之人，其实在活着的时候就已经"被遗忘"了。他们就像透明人，身边没有任何人能给他们最起码的关心。理由并不重要。重要的是，他们被孤零零地落下了。

即使他们被家人遗忘，我仍然希望社会不要也彻底忘记他们。即使他们被家人遗弃，或者他们的家人都已不在人世，我希望周围的人能够稍加关心，不要置之不理。

现在，我们国家也过了为照顾个人而区别远近亲疏，只管自己和家人的发展阶段。那样的时代早已远去。从更广义上来看，我们都是邻居，血脉相连。不忽视周围孤苦伶仃的人，尽力守望照顾，那就会让我们生活的世界更美好。

不是家人，我们的确很难像牵挂家人似的照顾他人。不过，我们毕竟有家人，还是能够以对家人的爱和诚信为基础，将自己的爱分享给邻居们。

有一次，妻子的行为感动了我，尽管是微不足道的小事一桩。几年前，住在福利机构的两个小学生的父亲去世了。也不知道是什么缘故，这个父亲没有亲自抚养自己的两个孩子，而是委托给了福利机构，最后自己孤独去世。没有别的亲戚，只有两个孩子作为遗属来参加葬礼。

福利机构的男老师带着两个孩子来到殡仪馆。最先映入我眼帘的是两个孩子的运动鞋上很大的破洞。尽管忙着葬礼的事，然而眼前总也拂不去破了洞的鞋子。于是，我问来两个孩子的鞋码，给妻子打了电话。我把这个情况告诉了妻子，请她帮我给孩子们买双鞋。

不料，妻子竟然买了"耐克"运动鞋。一直以来，我们从不主张给孩子买名牌运动鞋，况且我们的经济实力也难以负担。可是妻子竟然痛快地给这两个孩子买了耐克鞋,我看到后着实吃惊。后来我问妻子为什么这样做,妻子回答说:"我知道你的心思。"

这件事久久地留在我的记忆里。也许妻子是这样想的,没有特别的理由让我们为这两个孩子多做什么,我们能做的也只是给他们买双耐克运动鞋罢了。对于妻子的心意,我既感激又自豪。

还有一件事,也过去很久了。有一天,我接到一个电话,是个女孩打来的。她说自己的母亲得了癌症,好像快不行了,辗转找到我的联系方式,想把后事托付给我。我赶到医院的时候,那个母亲还有微弱的呼吸,我就陪同女孩守护着她母亲的临终时刻。一起送终并不多见,因此那天于我而言非同寻常。

病人注射了很多吗啡,感觉不到疼痛,只知道自己快要死了。我去了医院单独安排的临终室,那个母亲紧紧握着女儿的手,不停地落泪。儿子靠着墙,注视着病床上的母亲。我记得,女儿正在读大一,儿子还是高中二年级。

那个母亲去世后，我们一起去了火葬场。女儿的大学同学赶到火葬场吊唁。孩子们都还小，不知道怎么布置灵堂，没有食物，什么也没有。我和服务团的后辈们给他们买了食物，遗体火化之后又把骨灰送去骨灰堂。我们简单地摆放了烧酒、明太鱼脯、水果，好让他们行礼。事情结束以后，又把两个孩子送回他们在大邱火车站附近的小公寓。安顿好，我给负责的公务员打了个电话，拜托他们好好照顾这两个孩子。后来，我也很快就忘了这桩事。

一般来说，做完服务后，我会彻底断绝联系。我也不太会保存遗属的电话号码，只留下经常联系的。几年后的某一天，我突然好奇那两个孩子过得怎么样。恰好，我找到了那个女孩的电话号码。

电话拨通了。看来那家女儿还用着原来的号码。女孩告诉我，她毕业后去了釜山工作，弟弟参军了。她对我当初的帮忙表示感谢，又说这么多年没有打电话问候很抱歉，还说非常感谢我的这通电话。

我说，很高兴听到她说过得很好，以后不会再打电话了，也会删掉这个号码，并对她说，她也可以这样，缘分就到这里吧。又说，很感激他们姐弟都过得好，希望他们以后也能一直幸福。

直到挂了电话，我才意识到，我自己也养了像那两个孩子一样的一双儿女，他们和我家孩子小的时候几乎一模一样。又想起自己确诊癌症的时候，孩子们也是悲伤地守在我身边。也许就像想起自己的孩子一样惦记起他们过得好不好，所以拨通了这个电话。我跟妻子说了这件事，妻子轻轻地点了点头。

发送新冠肺炎死亡患者的时候，我也有过类似的想法。去年三月，大邱的韩爱疗养医院里发生了集体感染新冠肺炎的情况，医院被彻底隔离，全国媒体也都做了报道。我经常出入这家医院，为新冠死亡患者殓殡遗体。

就是那个时候，看着医院里身穿防护服的护士，我由衷地感动。毕竟我只是短暂出入医院，为逝者殓殡遗体，然而护士们要一直为行动不便的病人们喂饭、刮痧，给予无微不至的照料。

当大家出于对新冠病毒的恐惧而远离确诊病例和疑似病例的时候，他们置身其中贴身照顾每一个患者。这份诚意让我震惊不已。我伫立在那里，静静地望着他们。他们毫无保留地呈现诚意，好像是在照顾自己的血脉至亲。

究竟是什么让他们的勇气和奉献成为可能？也许他们自己受到过这样的爱，或者目睹过这样的照顾，抑或他们知道这份爱和照顾的价值，所以才能像对待家人似的照顾患者，甚至做到连家人都做不到的程度。他们是不是以对待自己家人的心情去照顾了比我所见多得多的人呢？

即使做不到那些护士的英雄壮举，我们还是可以做些具体而微的实践。比如对我们周围孤独的邻居稍微多些关心，尽可能地跟他们分享我们力所能及的小心意。

被家人抛弃，被邻居抛弃，去世几个月后才被发现……我们的社会上越来越多这样的人。我听过这样的消息，仅今年，孤独终老的无亲无故死者将超过三千人。这意味着，每天都会有几个人，在身边空无一人的状态下停止呼吸。

真切地希望我们能给身边的人多些关心，趁他们还活着的时候。不管他曾经过着怎样的生活。重要的不是之前他做过什么。哪怕他和家人断绝了关系,那也不能成为我们和他隔绝的理由。不要漠不关心,这不仅是家人的义务,还是我们的义务。

如果人是不能独自生活的动物

还记得几年前，媒体大肆炒作过的"尸体生意"话题吗？有报道称，接到消防车或警车的对讲机信号后，殡葬行业的人会奔走竞逐于各个死亡现场。那时，在死亡现场，像这样荒唐的怪象触目皆是。

请想象一下，谁家飞来横祸。即使是战争，也不会这么残酷。如果我们遇到了车祸，最先跑来的是拖车。为了接手事故车辆，拖车风驰电掣地驶向现场。这个领域也没什么两样。最先到达的是灵车，因为可以"占据"尸体。

如果家里出了变故，最先来的是消防队，因为人也许还活着。如果确认已经咽气，消防队会给112[①]打电话。那么，警察会赶来，并且叫来法医，确认是否有他杀迹象，推定死亡时间。完成现场保护工作后，开始转移尸体。这

---

① 112，韩国报警电话。——编者注

道程序结束，葬礼行业的人就会趋之若鹜地扑向尸体。

很多时候，区政府在尸体转移之前都不知情，甚至稍微来晚的遗属会一头雾水。那时，在遗属赶到现场之前，"灵车"就会把尸体强行转移、运到自己所属的殡仪馆。大家对此已经见怪不怪了。警察也会让最先赶到的灵车运走尸体。

当时，整体气氛就是这样。赤裸裸地视死亡为金钱的气氛日益膨胀，法律和制度都不能遏制。谁也不能确定没有家人陪伴、孤独死去的人是不是无亲无故者，一旦确认他有家人，那就可以举办葬礼。那么，带走尸体的殡仪馆就能够赚到灵堂使用费之类的钱。

也许死者没有家人，也可能家人弃尸不葬。这样的话，葬礼补助费就没有了，或者即使有也不多，那么争抢尸体的殡葬行业的人就难保不吃亏。这时他们也只能自认倒霉，然后将之登记为无亲属尸体，转交给区政府，大多数情况下，他们干脆不做殓袭，直接火化了事。

几年前，社会风气开始发生变化。近年来，已经不可能再有那样的事了。大家都变聪明了，再那样做会出大事的。现在，在遗属到场之前，尸体必须原封不动地放着。警察会按顺序安排本区域的殡仪馆前来殓袭尸体。接到警察的联系后，殡仪馆才来殓袭尸体。

都说人是不能独自生活的，然而一旦有穷人去世，就会痛切地认识到，在金钱面前，人与人之间的亲缘关系不堪一击。如果无亲无故，那就没有钱，殡葬行业的人没有理由包揽没有遗属的遗体。对于他们来说，遗属就是钱而已。换句话说，在他们眼里，亲缘就等同于金钱。

因不会产生经济效益而被殡仪馆拒收的逝者，通常由我们来负责。被标记为没有家属的人，被居民中心登记为无亲无故的人，在综合医院去世的无亲属的人……需要我为这些人举行葬礼的时候，一般是区政府负责从中协调。

即便有遗属，拒绝办葬礼的情况也不在少数。我诚恳地希望他们能来出席葬礼，不是为了钱，而是希望家人能来见最后一面。与钱无关，只是希望在送别的最后，死者的亲属能守在旁边。

很多时候，遗属不想参加葬礼也是因为钱。一场葬礼，最基本的花费也要五六百万韩元，像首尔这样的地方，还会远远超过千万韩元。遇到这种情况，我会告诉区政府，请务必将我的电话号码转告给遗属，我有话要跟遗属说。

如果遗属打来电话，我会先表态：这通电话请一定要录音，如果将来我跟您要钱，哪怕是十韩元，您都可以拿着录音举报。我会为您的亲人办葬礼，分文不取，请您务必出席。"不管怎么说，都是家人、血脉相连的亲人，哪怕关系不好，这最后一程还是应该来送的吧？来吧。"万般请求。

这样联系之后，十有八九会来。我告诉他们，斯人已逝，不要再怨恨了。人已经走了，什么都不知道了。面对着火化都没感觉的尸体，要是还心怀怨恨，那也只会让自己承受压力。况且，故人根本不知道生者心里的怨恨。听完之后，大部分遗属会参与从殓袭到火化再到去骨灰堂的整个殓葬过程。

即使我不问，他们也会迫不及待地吐露很多隐情。"那是我的父母吗？猪狗不如。"类似的话，我不知听了多少遍……尽管亲眼看着遗体火化,然而很多人还是选择抛弃骨灰。我不知道人心会有什么变化,每次都劝遗属带走骨灰。我告诉他们,市立骨灰堂的费用非常低廉,哪怕先保管十年呢,之后再做决定。听到这样的劝说,大部分遗属会动摇,最终带走骨灰。我努力为遗属们解开心结,也不知道自己做得好不好。

家庭制度在解体,社会日益个体化,这是谁也阻挡不了的潮流。在这样的潮流中,构建超越家庭和血缘的社会纽带,以及能让所有人的死亡都有尊严的体制,将变得越来越重要。不知从何时起,这个世界上见钱眼开的人纵横猖獗。视尸体为金钱,视亲缘关系为金钱,这个问题也由来已久了。

有个经济学博士曾经说过这样的话,如果是做生意,最糟糕的情况就是无论干什么都先考虑钱。我也做了一辈子生意,深知其意:想的是十个,要是进来九个就会大失所望。当然,我也不想无端指责拼命赚钱的殡葬业。

可是,一个生前就已经活得艰难又孤独的人,如果临终仍然孤身一人，那只会让人愈加心痛。对他们来说，亲缘关系也会被换算为金钱。无论身后是否两手空空，无论生前对自己的家庭犯了什么错，至少不会因为没钱而遭到忽视和冷落。我希望世界上再没有这样的死亡。这个愿望始终不渝。

人是不能独自生活的动物。这句话与人不能独自死亡具有相同的含义。我不愿生活在尸体变成生意砝码的世界，我也不想死在这样的世界。

生死一线牵

听闻有人出生，大家都脱口而出地对"生"表示祝贺。相反，对于意味生命终止的"卒"，人人三缄其口。不，甚至想都不愿去想。有生就有死，这本是一条理，然而我们总是将生与卒天地相隔。

出生以后，顺利长大，上了年纪，趋近死亡，这是自然而然的道理。可是，我们常常不是在一条线上看待这个问题，一到死亡便断了线。我们潜意识认为死亡不好，应该回避，类似某种禁忌。好像这样就能永远躲开死亡。

我们能否把生与死放在一条线上思考呢？如果可以，我想死亡将比现在更易于让人接受。死亡变得舒适，意思是说人在迎接终将到来的死亡期间，心里会更为坦然。面对死亡，我们能否以稍微不同的方式去接受呢？

在韩国，斩断生与死的情绪似乎比其他国家更为严重。外国是在一条线上看待生与死。只要看看外国的葬礼就知道了，他们在社会和文化层面都能更平和地接受死亡。

看看火葬场和骨灰堂位于市中心的日本，再看看将公墓修建在主要城市的中心地带的美国。他们认为生与死是自然延续的关系。这样的文化当然不会凭空产生，然而关键在于，我们从来没有想过去创造这样的文化。如果殡仪馆或骨灰堂建在小区里，场面就会混乱不堪。

我们有着漫长的蔑视和回避死亡的历史。自古以来，我们的祖先都把生与死悬隔。我们把自己祖先的坟墓修到山顶角落处，还说远离是因为害怕闹鬼。另外，过去也是由屠夫来做殓袭。最卑贱的职业就是与死亡打交道。

尽管如此，从前的葬礼还是被看作是乡村共同体的盛宴。如今共同体文化消失了，那样的情景也就不复存在。丧葬行业者玩弄鬼把戏，让普通人对死亡日渐恐惧。人们越是恐惧和回避，业界从中赚钱就越容易。这样就在恶性循环中形成了怪异的氛围。远离，轻视，乖乖地掏钱。

祝福新生，避开死亡，这是本能的表现。问题在于，我们忌讳死亡,更把与之有关的一切都变成了引人嫌恶的。我们的社会气氛甚至阻止人们谈论死亡和葬礼。

我的朋友当中也有特别抵触火葬场的人。每次听到有关火葬场的新闻,他都声称决不允许在自己居住的地方建这类场所。尽管和他很要好,我还是忍不住大声责骂。"你死后不去火葬场吗?你就能活成千上万年?大家死后都要去那里,你死了想去哪儿?"如此骂道。

火葬场和骨灰堂,不也要有个落脚之地吗?不管什么理由,反正是"无条件"地不能来我住的地方,这是最不近人情的想法。尤其是对这些需要毫无保留的妥协和对话的问题,地方政客常常会煽动起无条件的反对之势,借力打小算盘,后果不堪设想。

某地新建火葬场,这样的事情都有研究和商量的余地。很多时候,新的公寓还没有开工建设,居民们就强烈要求搬走那里早已建成的火葬场。这样的消息总是让人心烦又气馁。明明知道火葬场已经存在还要建设公寓,到头来为什么还要这样抱怨呢?不是已经知道了吗?更有甚者,即使大法院判定火葬场的设立合法合规,还是持续不断地示威。每当这时,我都会怀疑自己是不是生活在法治国家。

我国火葬场的技术水平真的很高,让人自豪。听说,韩国焚烧设备的大气污染物排放标准比德国都要严格。现在不同于以往,焚烧过程中不会产生一丝烟雾和气味,因此对日常生活没有任何影响和妨碍。

看到那些对处理死亡的设备死缠烂打的人,我总是无话可说。这方面,世宗市规划得非常周全。最初开始筹建世宗市的时候,首先建设的便是火葬场、骨灰堂和殡仪馆。只有这样,才能力排非议。先在市里完成这些设施的建设,再在旁边盖公寓。如此一来,就等于不给人开口指摘的机会。

我们应该努力消除过去那种将生和死一刀两断的文化观念。无论是父母,还是我们自己,总有一天也要去那里。从前,我们的祖先把生与卒一分为二,从现在开始,我们要重新弥合二者。我相信,接受生死同路的观念,可以活得更安心。

再来说说"孤独死"的问题。看到有人孤身离世,请不要大呼小叫。有的遗体几个月才被发现,碰见时请不要举起摄像机。一个生前没有得到关心、被遗忘,孤独去世的人,并不宜以这样的方式引发社会喧嚣。因为这也是把生与死截然分开,从另一个角度而言。

原本,我们可以在他活着的时候,记住他。原本,我们可以在他去世之前努力抢救、悉心照顾,不让他孑然一身离开。对这样具体而微的关照视而不见,却又对"孤独死"冷眼旁观、口舌争辩,舍本逐末之外,徒添怨恨罢了。

用绳子捆住死亡

在殓袭的过程中，特别是进行"殓"的程序时，难免百感交集。所谓"袭"，指的是擦拭尸身，为之穿寿衣的过程。接下来便是"殓"。近来，"殓"的程序已经简化很多，不过我还是觉得这些程序至关重要，尤其是在增强我们的死亡意识方面。

所谓"殓"，指的是在"袭"的程序结束以后，用衣衾包裹尸身并放入棺材，以及移动和埋葬棺材的过程。我们用"殓布"捆住经过"袭"的程序的尸体，将之装进棺材。当然，"殓"也可以用作简称包括"袭"在内的整个收殓过程。不过，严格地说，"殓"还有"小殓"和"大殓"之分。

其中，"小殓"是指用绳子、麻布和单被将尸体裹得严严实实，收拾利索，绑好，确保尸体入棺时不至于散乱。"大殓"是指将尸体放入棺材后，把棺材牢牢地固定于外部支架上。

"小殓"也是我们现在收殓时必不可少的一道程序。

其间，需要用五根绳子绑住尸体，分别绑好双腿和脚尖，以及两臂。前来送别的遗属，会看到四肢紧固的尸身。小殓后的尸体，拿大麻布重新包裹，再用绳子捆绑结实，最后入棺。这就是"大殓"的程序。

我们为什么要捆绑尸体呢？

前面也说过，之所以在小殓过程中捆绑尸身，是因为我们都忌讳死亡。以前的人都有个成见：不能让死亡近身。这基于另一种观念：死人会变成鬼，鬼不应该靠近活人。所以只好用绳子捆住死人的魂魄，免其游离在外。

直到现在，很多成年人还是会说，"做了个乱糟糟的梦，要小心"，"我梦见你们死去的家人了"。可见，大家普遍还是认为看见故人的魂魄不吉利。这就等于把死亡本身与生者相切割，并且视死亡为禁忌，因而决不允许埋葬死者的场所靠近生者的领地。我们的埋葬习俗是把死人看作厉鬼，将之安置在其他村庄的山顶。尽管讳莫如深，为自己祈福的时候，倒是仍去求祖宗庇荫。又岂不是笑话？

同理，大殓也有不合时宜的地方。从前，搬运尸体的工具只有背架，放到背架上的话，尸体会下垂。如果用宽大的殓布包裹尸体，再用绳子捆住，那就可以固定到背架上了。也就是说，大殓是用背架搬运尸体的过程。现在有了汽车，出殡工具也有所改善，已经完全没有进行大殓的必要。

最近也有不做小殓的情况。最常见的是出于宗教原因拒绝小殓。基督教有复活的概念，认为人去世之后会"复活"，那就不能捆绑了。如果丧家表现出这样的意思，那不进行小殓也无可厚非。

我还是认为，小殓和大殓都是时代的产物，为了将魂魄安葬远方。也就是说，在现代人眼中，这些已经完全没有沿袭的必要了。

我的意思也不是说，凡是与时代格格不入的习俗，都必须立刻消除。小殓和大殓是这样，丧舆也是这样。既然是我们的传统，加以保存也是不错的选择。比如，我们可以将制作丧舆的人和唱挽歌的人指定为非物质文化遗产的传承人，对传统文化加以保护。

每年一两次，我也会陪同遗属，利用丧舆将棺木运送到山里的墓地。如果用丧舆，确实很方便将棺木搬运到很高的山顶。另外，抬丧舆的人会边走边唱，歌声充溢悲伤，饱含对死者的殷切追思，令人闻之哀恸。

现在，这样的场景几乎见不到了，因为大家普遍选择火化。当然，我们也没有必要把小殓和大殓看作是一成不变的标准答案。在我们的传统当中，将尸身入棺后，还要塞满故人平时穿过的衣服。这样能够起到缓冲的作用，保证丧舆上山的时候，棺材里的尸体不会晃动。而现在，需要把棺材运送到火葬场，这样的习俗便没有多大意义了。

《春秋左传注》中有这样的说法："以衣衾加于死者之尸曰小殓，以死者之尸入棺曰大殓。"随着时代的更迭变迁，传统上被简单定义的殓殡程序也变得越来越复杂、严格。

过去，如果不进行小殓和大殓，通常会被视为是对死者的无礼之举。当然，在更久远的年代，这样的礼节本身也不存在。岁月流逝，捆绑尸身的观念便约定成俗，其实这也在一定程度上反映了视死亡为禁忌的死亡观。

习俗和礼仪总是要与时俱进的。今后很长一段时间里，我们也还是要按照小殓和大殓的程序来安置遗体，即使不用绳子捆绑，我们也能做到盛礼相待。也许，当我们不再用绳子紧绑死亡的时候，反而能够走近死亡，倾听到无言之诲。

临终之际穿什么

自从开始这项工作以来,很多学校和机构邀请我去讲课,大部分都与寿衣有关。其间,我给大家讲了很多有关寿衣的故事,当然都来自我的学习和亲身经历。

前面说过,擦洗尸体并为之穿寿衣的过程叫"袭"。现在讲一讲穿寿衣。说到寿衣,人们最熟悉的还是麻布衣。殡葬行业创造了很多"前所未有的传统",用麻衣做寿衣堪称其中的代表。

话虽如此,寿衣也是殡葬行业中最为我诟病的方面。这是打着盛殓的幌子挣活人的钱。现在,殡葬行业发明了数十种寿衣,无非是想多赚钱罢了。一言以蔽之,这里根本就没有所谓"传统"。

如果遵循以前的传统文化,那就不能像现在这样用麻布做寿衣。从十九世纪九十年代朝鲜王朝遭受日本帝国主义侵略起,我们才逐渐用麻布制作寿衣。麻布本来是用来做囚衣的。因为在过去，麻衣是最简陋的衣服，而且麻布还能吸收湿气。

现在，我们称给亡者穿的衣服为"寿衣"，"寿命"之"寿"，"衣服"之"衣"；"囚犯穿的衣服"则简称为"囚衣"。[①]当然不是说父母去世，子女就成了罪人。日本入侵后，原本是作为丧主的子女们要穿的麻衣变成了"尸体的寿衣、囚犯的囚衣"，就这么奇怪地固定下来了。从前囚犯的衣服，经遗属之手，自然而然地转变为尸体的衣服。

那么在这之前，我们又用什么做寿衣呢？就像海外许多文化圈一样，我们并没有另设寿衣。故人在世时最喜欢的衣服，或者最能体现故人身份的衣服，都可以用作寿衣。男性有官职在身，那就穿官服；女性则穿长袍，戴凤冠。如果是士大夫家族，那么不分性别，都穿绫罗绸缎。

无论是迁移古墓时，还是在建筑工地发现古墓时，几乎没见过像现在这样穿麻衣的尸体，都是身穿绫罗绸缎做

---

① 韩语中，"寿衣"和"囚衣"音同形同，均写作"수의"。——译者注

成的常服。我们为尸体穿麻布寿衣这事并没有太长的历史，这也是服饰研究人员共同的结论。

更何况，现在如果想用纯麻布做寿衣，花费相当昂贵。麻布的原材料是大麻。大麻也属于毒品，当然不能随意种植，更不可能用机器作业。一件一件都要手工制作，价格自然不菲。

所以，当下市面上的麻布更接近于尼龙合成纤维。这样的麻布不同于丝绸或粗布等天然材料，它不易腐烂，所以也不适合做成埋入泥土的衣服。

我想，最好是改变现今的寿衣文化。虽说我们都是赤身裸体地来到这个世界，但离去的时候总该穿得整整齐齐，这可以说是寿衣的意义所在了。既然如此，难道不应该给逝者穿上本人生平最喜欢、最爱穿的衣服吗？在死后穿上了这辈子从没穿过的衣服，真的合适吗？

我在课上讲了这些故事后，学生们表示有话要说。"听了老师的话，感觉不应该另外置办寿衣。但是呢，一百二十多年来祖祖辈辈穿寿衣的习俗延续到了今天，这也是事实。三十年算一代的话，那就是四代人。自己从小就见到给亡者穿用麻布或丝绸做成的寿衣,如果真像老师说的那样改穿常服,虽然能理解,但是心里不太能接受。"

听到这样的顾虑,我也点头称是。无言的习俗很难打破。最好是有人带头破旧,然而现实总是困难重重。

我们临终之际应该穿什么衣服?就我个人而言,死的时候穿什么衣服都无关紧要了。我会在去世前告诉家人,给我穿上我最喜欢的夹克再送去火化吧。当然也不必执着于穿常服。只要记住,无须听从殡仪馆方面的劝说,为那些昂贵的寿衣而苦恼就行了。

关键在于,给死者穿最喜欢的衣服。只要活着的人不将之抛于脑后,那就不成问题。哪怕不是价格高昂的好衣服,哪怕不是新衣服,只要是生者精心准备的衣服,而且逝者穿着整齐得体,那么身着何种衣服离开这个世界就不重要了。毕竟,活着的人照顾死者到生命最后一刻的诚意最为珍贵。

每个人都将以孩子的面孔死去

面对尸体，哪有不害怕的人啊……

我也是这样。起先，我很害怕单独留在太平间陪着尸体。既恐惧又悲伤。刚开始的几年里，每次看到尸体，我都会情不自禁地流泪，悲伤弥漫全身。

这份工作重复了将近二十年，难免会习以为常。现在看到尸体，我首先想到的是，"啊，您走好"，心情也比以前坦然多了。

我告诉人们，生死相连，没有必要把死亡看作是禁忌，每个生命都终将面对死亡。当然，无论是什么样的死亡，死亡本身毕竟不是快事。不可否认的是，延年益寿要好过英年早逝，把死亡推得越晚越好。

很多人问我，死者的表情都是什么样？在我看来，人死的时候，都会回到孩童时的表情。

几乎没有皱着眉头的死者。如果放下对死亡的禁忌和恐惧来看尸体的脸，我们会发现死者的脸比想象中平静。我照顾过那么多人的临终时刻，没有人在咽气的瞬间皱起眉头。

平时我们怎么皱眉头？必须脸用力才能皱眉吧？死者不会这样。肌肉都已松弛到舒适状态。停止呼吸之际，死者的面部也会恢复到自己最舒服的容颜，也就是回归其人原本的真面目。

活着的时候，我们每个人都会生气发火，各自打算盘，顾虑重重。在这个风尘仆仆的世界上生活，这些都是不可避免的。我们每个人都将以孩子的面孔死去，活着的时候却又守不住那张与生俱来的脸，日日愁眉苦脸，到头来只让人觉得可惜。

刚刚咽气的脸，难以言说地静。何必非要画眉毛，搽口红，涂脂抹粉呢？那么明亮又平和的脸庞，正是逝者此时此刻最真实的状态，最真实便最好看，为什么要化妆打扮呢？所以为逝者整容时，我只是把逝者的脸擦干净，再稍微抹点儿面霜和乳液。

逝者带着婴儿般的表情离世，也就是说，逝者像初生婴儿一样不谙世事。我是不是劣迹斑斑？我是不是伤透了家人的心？然而，斯人已逝，既无从坦白真相，也无从知晓是否为人记恨在心。唯有在世的人伤心，肩挑担担人事。

死者丢下生者走了。剩下的一切都要由活着的人来承担。这是让人委屈而又郁闷的事。无论对死者怀着多大的恨意，他死了，过个两三年，活着的人好像就应该放下了。如果憎恨死者，受堵的只会是我自己，对方已了无牵挂。哪怕他醒过来也不会知道。

即使死者的脸像孩子一样好看，活着的人也不要在心里留下伤疤……

有时我们会感叹，"那个人的脸看起来真舒服"，那是像孩子一样天真烂漫的脸。我们周围也有这样的人，脸孔像孩子般明朗，知足常乐。看看那些心无杂念、乐于助人的人，那些善解人意的人，他们的脸总让人觉得舒服。

脸孔映出真心，我也希望自己活得善良，死的时候问心无愧。我们都将以孩子的面孔死去。所以当我们活着的时候,最好像孩子那样纯真无邪地生活。尽管更事未多,然而相信眼前每一个人,不烦躁,不紧张,只是安安静静地……

死后坐豪车有什么用

整理并安放故人最后的肉身是为了故人。从殓袭程序开始,接着把尸体装上灵车,再跟去火葬场和墓地,而后全程安排葬礼。总而言之,这些都是为故人服务的基本工作。在故人入土之前,需要做的事有很多。

之所以开始做这项工作,是因为我希望那些活着的时候没有得到过他人照顾的人,死后不至于被当作社会的负担。无论是谁,至少在去世的时候,我愿意来承担这个人最基本的后事。

但是,殡葬行业把这项工作当成赚钱手段,吹起了很多泡沫。刚才提及的基本事项几乎不赚钱,于是就变着法儿往上贴肉。现在流行往棺材里摆放花束,美其名曰"花殓"。我不知道用花装满棺材和悼念故人之间有什么必然的关系。

最近,从国外传来了新的风俗:用豪车运送尸体。人死之后再坐豪车,究竟有什么意义?我想说的是,还是趁人活着的时候，多让他们享享福吧。如果没有豪华轿车，那就陪他们去看看风景，尝尝美食，好好聊聊天，哪怕一次也好啊。

韩国冒出"用豪车运送尸体"的概念还不算太久。从殡仪馆到火葬场，豪车的起步价要几十万韩元。这跟"花殓"差不多，我实在想不通，为什么要花这笔钱。

从前的灵车是巴士，司机还会陪同丧主去墓地。灵车出现之前，要么用手推车，要么用叉车。在过来人的认识中，将日常运输工具用作灵车是很自然的事情。

自从把这件事交给殡葬公司，为了让自己引人注目，显得更与众不同，以便超过同行，各家都想方设法炮制概念，诸如"运送尸体选豪车"等口号便横空出世。与生者不同，只有尸体才能坐特殊的好车。对我们来说，这样的概念本身就是新鲜事物。

新概念涌现固然是好事，但如果硬向人们灌输不遵守就是对死者不敬的观念，那就有问题了。这种观念和真正的悼念之心相去甚远，对于生者来说，只是强人所难和枷锁缠身。

活着的人通过死者得到心灵的慰藉，或者炫耀生者的威风，这样的历史也由来已久。埋葬尸体所用的棺材也是如此，因为棺材是阶级社会的象征性遗产之一。

在很早以前的石器时代，棺材就已经诞生了。那时候有"土棺"即泥土做成的缸形棺材，也有用石头堆砌而成的"石棺"。为了显示自己和普通民众身份有别，统治阶层制造了棺材。

问题是，直到今天，我们仍然在无差别地使用这样的棺材。因为总要做点儿什么才能赚钱，所以现在很多企业都在怂恿人们使用这样的棺材。听闻业内人士都说好，很多人便盲目地跟进了。现如今，选土棺也好，用石棺也罢，都应该说明使用的原因，好的话好在哪里。然而很遗憾，通常情况下没有任何的解释。

最近我经常接到这方面的咨询，即使尸体已经火化，家属们还是为埋葬问题苦恼，问我用什么棺材好。别的我不了解，只能告诉他们最好不要用石棺。如果选用石棺，那就相当于把尸体封在撒了石灰的石头框架里，水会慢慢渗入，却难以溢出。若棺材里积满了水，尸体便不易腐化，尸体不腐化，那就等于被盛在石碗里了。

也有很多人说，埋葬时最好是连棺材也不用。有人将这种埋葬方式称为"脱棺"，也有人称之为"没棺"。显而易见，不用棺材下葬才是最快回归自然的方式。在京畿道①和忠清道的某些地方，就有不用棺材下葬的风俗。

葬礼上，最重要的不是从众遵循某种风俗，而是所作所为都是自发自愿的。如果一心怕落人口舌，极有可能自己会沦为别人赚钱的工具。我倒是很想问问这些遗属，是不是故人活着的时候没有为之花过钱、付出过时间，所以通过置办豪华轿车等形式来减轻自己的负罪感。

你有你的自由，当然可以把棺材装饰成花园。可是也要知道，这样做的意义和在遗体上放一朵菊花并没有大小之分。像从前那样往逝者的嘴里塞满铜钱或大米也好，

---

① 道，韩国行政区划单位之一，相当于中国的省。——编者注

用绫罗绸缎或纸花装饰棺材也罢，意义都是一样的。

也许我说得很朴素，不过确实如此，趁人还活着的时候好好对待才是最可贵的。人死之后，遗体乘坐的是不是豪华轿车，跟逝者又有什么关系呢。

葬礼是生者的游戏

葬礼上的一切都出于生者的意愿。

我们死后都只能回归自然。人在去世的瞬间就断了在这个世界上的所有因缘。逝者甚至不知遗体被焚烧。所谓葬礼，就是留下来的人根据自己的能力和处境送走死者、招待生者的事宜。

世界上每个国家都有供奉珍贵遗体的葬礼文化。如果是为总统、总理等人举办葬礼，要选择上好的殡仪馆，采用上好的棺材，还要为逝者穿最尊贵的衣服。考虑到他们的地位，出于礼遇故人的思量，这样做也无妨。然而对于普通人来说，为了做到这种程度而四处借债就完全没必要了。

我常去的地方，我的视线停留的地方，并不是那些吸引生者耳目的葬礼现场。年轻的时候，我就对人山人海的地方没什么好奇心，倒总是为那些无人关心的人的死亡而心痛，常常产生隐隐约约的负罪感。

每次去大邱市立骨灰堂，我都会顺便去看看骨灰堂旁边埋葬无亲属尸体的坟墓。十年间无人问津的骨灰盒，就像被包在纸里似的总算埋进了坟墓。合葬墓就是这样，数百具遗体合葬一处，那是被人遗忘的逝者的聚会之地。我就立在合葬墓前，心里祈祷亡魂们安息。

至于重要人物的葬礼，办得隆重盛大固然有社会必要性，不过基本上还是生者的游戏。这既是生者的悲伤庆典，也是众人同唱的挽歌。

那些埋葬于市立骨灰堂角落的人，当他们成为亡灵的时候，也应该保其基本尊严。暂且不论是否为生者的游戏，这本身也是一种社会义务，是我们每个人的义务。二十多年前，我曾在病床上下定决心，只要能活着出院，我一定要做这件事。幸运的是，我还在这片土地上呼吸，得以手脚健全地开始并继续做着这项工作。

我还记得几年前遇到的一对同父异母的兄弟，哥哥是某企业的会长，弟弟是死于便利设施的赤贫者。弟弟不堪穷困，结束了自己痛苦的生活。哥哥得到了消息，匆匆赶来。我们这才得知，原来遗属是某中型企业的会长。

哥哥长大后跟着自己的母亲去了别的地方，成年之后事业有成。眼睁睁看着故人的脸，哥哥还是认不出自己的弟弟。然而我们在一旁都感觉那两张脸孔真的很像。

他说自己完全不知晓弟弟的事，只依稀记得小时候见过面，后来就彻底忘了自己还有个弟弟。守在葬礼的哥哥非常后悔地说，要是弟弟生前跟他联系一下就好了。他的悲伤深深地感染了我，久久地留在我的记忆里。

弟弟已经不在人世，这些当然都不为他所知。后来，他为操办葬礼的我们准备了丰盛的宴席，还送了我们很多礼物，我想他这样做不是为了弟弟，而是为了他自己吧。弟弟活着的时候没能照顾好，就在葬礼上弥补这份情意。说起来，我也很清楚，自己从事这项工作不是为了故人，而是为了我自己。

有一次，我为某个在工地干活儿的六十多岁的男人做了殓袭。他的右手肘部以下都没了。听遗属说，很久以前出了事故，胳膊断了。没有胳膊，穿寿衣的话，衣袖会下垂，从前都是以稻草代替胳膊。我没有选用稻草，而是从文具店买来硬邦邦的黄纸板，做成圆筒，塞进寿衣的袖子。

随后，我和遗属们一起殓袭尸体。我祈求道，"少了一条胳膊，活得太辛苦了。到了阴间，舒舒服服地生活吧"。我还在人间，当然不知道阴间是什么样子，不过我相信，即使少了一条胳膊，他去了那边也不会有何担心和顾虑。但我还是为他做了胳膊，遗属们看在眼里，很受感动，向我表达了谢意。我们一起送别故人，同时祈祷故人安息。

期望他人幸福的心不分今生和来世。葬礼只是对这份心意的表达。假物也出于真心，无论是为生者接义肢，还是为死者做假肢。毕竟我们都是在活着的同时一步步走向死亡。

第二辑

死亡边上想到的事

第一次擦拭遗体的那天

人们普遍对死亡很感兴趣。谈论死亡的书、电影和新闻报道层出不穷。然而没有人能够死而复生，因此关于死亡，我们无处问讯。至于死后的世界，也完全无从了解。

我常常想，如果生活得足够充实，那又何必去想象死后如何呢？如果自认有生以来就活出了人样，那么还会对死后的世界感到恐惧或好奇吗？

我真的见过太多眼睁睁地送走亲人的遗属。一直以来，我也陆续接到周围很多人的讣告。尤其是看见有人守护自己父母的最后时光时，我就会有那些想法。

那些对父母尽了孝心的人、竭尽全力尽孝的人，他们的悲伤和那些没有这样做的人的悲伤，似乎并不相通。前者至少表面上没有那么悲恸，尽管很悲痛，然而有所节制，依旧表现得周到有礼。

如果仔细观察会发现，那些自知孝心打了折扣的人，那些总是对这神不知鬼不觉的折扣感到惴惴不安的人，那些心中似乎留有遗憾的人，总是哭得上气不接下气，好像无法接受现实。

无论何时，最了解你的人还是你自己。是否对父母做错了什么？是否尚未实现父母的愿望……哭得昏天黑地的，是否因为心有余恨呢？也许，这是某种意义上的留恋？

从来没有好好孝敬过父母的我，从来不曾为父母做过什么的我，竟然絮絮叨叨说了这么多，未免有点儿可笑。

父亲出生于一九一〇年，未至花甲之庚就去世了，在我十六岁那年。也许是处世不深的缘故，我对父亲的离世没有太深的印象。很悲伤，也很快照旧过日子。那时候家里太穷了，最紧要的还是怎么活下去。

父亲来自黄海道海州附近的延白郡，家中有兄弟姐妹六人。朝鲜战争爆发后，我的两个姑妈留在（朝鲜半岛）北方，父亲兄弟四人来到了南方。

我听说，爷爷家在北方是殷实的大户。父亲用稻草捆了很多钱，带到和现在的世宗市相邻的新都即朝鲜太祖迁都汉阳①之前最早建都的地方定居下来，还开起了磨坊。那时候，只有富人才能从事白米行业。

不过，父亲又是除了读书什么都不懂的学者。他是天生的读书人，只知道读书。洗漱之后，拉过饭桌，翻开书，这就是父亲每天事务的开始和结束。我记得，小时候经常有大学教授模样的人上门拜访，屈膝记下父亲的教诲。

就这样光顾着读书，丝毫不关心家财，最后钱都被身边人骗光了，生意难以为继，磨坊最后也倒闭了。再后来，父亲的三个兄弟继续住在忠清道，父亲则带着还是孩童的我来到了大邱市。不管磨坊倒没倒闭，总归父亲这辈子不曾卖过苦力，也从来没有为生计奔波过，家中的大小事务都由母亲操持。

因此，大哥对父亲厌恨入骨。我没有埋怨父亲。一想到我们十岁左右时，父亲得了肺结核后求生不得、求死不能的情景，我就忍不住为父亲辩护。我经常跟大哥唠叨，父亲身体那么虚弱，又只会读书，他还能干什么呢？别恨他了。

---

① 汉阳，后改称汉城，即今首尔。——编者注

父亲还在世的时候，母亲就开始在大邱半月堂①卖水果、卖菜，靠摆摊养活了我们。直到父亲去世，母亲也没有半句怨言，这辈子只知道埋头干活儿。

自己就够辛苦了，然而父亲去世之后，母亲还经常把没了妈妈的孩子带回来，喂他们吃饭，哄他们睡觉。在半月堂附近，母亲的善行为众口称道。母亲就是这般品德高尚，尽管自己也是租住在别人家的房子，然而遇到生病的人、挨饿的人，从来不会不管。

母亲去世的时候六十八岁。那时我已经结婚，只是孩子们还很小。让我难以释怀的是，母亲没能像别人那样长久地安享晚年就去世了。那时候我自己过得也不轻松，甚至可以说贫困交加，以至于让母亲格外挂念。她总希望我的生活能有起色。要是母亲临终前能看到我居有定所就好了，遗憾时不时冒出来。

不过现在想想，我也心存感激。如果母亲得知我罹患癌症，甚至生命被宣判进入倒计时，她该多么心痛啊。幸

---

① 半月堂，大邱市有名的繁华地段。——编者注

好母亲对此一无所知。生病期间，常常这样自我安慰。

我上初中的时候，村子里父亲的一个熟人去世了。他和父亲一样来自北方。时间太久远了，我已经记不太清老人家的模样。

他过得很孤独。独自南下，跟当地女子结婚，而对方在和他成婚之前已为人母。也不知道是不是这个原因，他和家里人都合不来，看起来离群索居。尽管不是老乡，父亲和他一直情同手足。

现在我已经记不清了，当时他好像得了传染病。村里没人愿意为他殓袭遗体。殡仪馆应该来殓袭的，也不知为何没做，反正最后谁都不管他。

我记得，当时母亲推了推我的后背，对我说："凤熙，你去帮他殓袭吧。"母亲在我的额头上绑了毛巾，告诉我殓匠的汗水千万不能滴落到尸体上，还递给我脱脂棉和泡了半天香木做成的香木水。按照母亲的嘱咐，我做了生平第一次殓袭。

一个人脱下尸身的衣服，擦洗遗体，再为之换上衣服，整个过程艰难无比，累得我汗如雨下。母亲很清楚怎样净身，怎样穿寿衣，怎样绑扎尸体。母亲站在外面指导，我就听从照做。还记得，做完全部程序出来后，母亲往我的头上浇了一瓢米酒。

也许正是这次经历深深地影响了遥远的后来，四十多岁的我。当我决定去尝试为人忌讳、人人避之唯恐不及的事情时，我想，母亲的影响肯定是如影随行的。写这部书的时候，我也止不住地想念母亲。

我不了解死后的世界。我不知道死后会怎样，也不好奇。不知不觉间，我在人世的时间已经长过父亲，年纪也远超母亲的终龄了。一直以来，我都没有忘记那天母亲教我的殓袭，始终按照母亲的教诲生活。

我想念母亲，也想念父亲，想念极了。可是我不知道，死后能否与父母重逢。事实上，我对这个问题也不怎么关心。重要的是，按照父母教导我的那样，认认真真地，努力过好属于我的每一天。

给梦想成为殡葬师的年轻人

最近，年轻的殡葬师越来越多，经常在各个地方的死亡现场或殡仪馆看到他们的身影。他们不再像从前的殓匠那样受到歧视，人们都向殡葬师表达感恩之心。无论如何，这是幸运的。

稍有遗憾的是，现在的葬礼指导课程的教学内容更接近于殡仪馆经营指南。当然，问题不出在年轻人身上，这是指导他们的长辈、上一代和整个行业共同作用的结果。

我家附近的大学里也开设了葬礼指导课，因为和那边的教授们很熟，偶尔也会见面闲聊。我恳切地拜托他们好好营造行业氛围，不要让学生们受制于金钱。

最重要的是不把死者当成赚钱工具。遗属们通常不了解葬礼，只能依赖于殡葬企业和殡葬师。对方怎么说，他们就悉数照做，而其中大部分与钱挂钩。这也是让人遗憾的现实。即使年轻人有心改善，然而被这种氛围所裹挟也身不由己。

殡葬师就是送别死亡的人。如果对待死者和生者都礼貌周全，那就能够真正地抚慰送走家人的遗属。我从这项工作中不知收获了多少。

但是，送别死亡又绝非轻而易举的事。殓袭尸身、熟悉葬礼程序是基本技能，年轻的殡葬师必须牢记在心。技术和技能都要通过反反复复的实践才能变得熟练。正如古代也有"殓师"这种职位，安置尸身也是一门技术。

感动人，并不能确保这项事业长期赢得人们的尊重。真正地思考死亡和葬礼，秉持对故人和丧主的礼仪，以及绝不胡乱劝说和隐瞒，才是殡葬师受人尊敬的基本条件。

最重要的还是耐心地向遗属详尽解释殓葬的全部过程，并且引导他们。殓袭、寿衣和棺材，祭祀、墓地和坟茔，凡此种种，遗属都会问及并需殡葬师给予说明。在整个过程中，要毫无隐瞒地和遗属沟通。殡葬师必须能够合理而恰当地解释死亡，关于死亡的方方面面，必须能够回答遗属的"为什么"。殡葬师必然不是那种假装很有学问地朗读汉字写成的祭文并将全部葬礼金额合理化的人。只有做到用最平易温和的语言安慰遗属们的心灵，才能真正成为送别死亡的人。

几年前，一个朋友的伯母去世了，我陪他去了墓地。遗体火化之后，骨灰被埋入树根，实行的是树木葬。当时丧事交给了一家公司，来的殡葬师是一位年轻女性。

一般而言，殡葬企业在筹划上山扫墓、举行葬礼的流程时会准备很晦涩的祭文，或者附加些毫无意义的程序。但这位不同凡响。带的祭品很简单，始终恪尽职守，跟遗属们解释的时候，用语温暖而又朴实。

那么，墓前就只会出现酒、果、脯三种祭品了。"上山之后不读祭文也没关系，我会告诉你们如何行礼……"殡葬师就这样跟遗属交流，告诉遗属应该做什么，不见繁文缛节。

葬礼结束后，不知是谁透了口风，她得知了我也从事葬礼方面的工作。她来到我旁边，问道："请问我有没有不足之处？"我称赞说："您学得非常好。我看过很多丧葬公司的事务，毫无疑问，您做得最棒，真的很酷。您向遗属们展现出来的坦诚而不造作的态度真的很优秀。不用勉强去做什么，反而更能安抚遗属的心，遵照礼仪工作就足够了。"

虽说这样抚慰人心的言谈举止一定程度上是出于职业习惯，但更多的还是来自她对故人和遗属的真心。另外，葬礼也是我们祖先流传下来的"冠、婚、丧、祭"四礼之一。如果我们仔细探究古代的礼仪，就会发现万事万物都有规律可寻。这些礼仪中有的沿袭至今，更多的则已经为时代淘汰。

我只希望年轻的殡葬师们可以前前后后地真诚思考，寻找自己的答案。深入思考对待生者和死者采取何种礼仪，加以切身体会，再来面对故人及其遗属。因为我坚信，从事这项工作的门槛就在这里。

葬礼，绝对不能任由企业摆布

传统上，每个人都要经历自己作为丧主的葬礼，按理会有三四次。父母两次，还有配偶父母的葬礼。然而，即使经常去殡仪馆吊唁，如果不亲自参与布置葬礼的话，对葬礼事宜终归一知半解。

在学校，没有人系统教授葬礼事宜。即使亲自举办过一次，过了很长一段时间后，无论做过什么，都会忘记。

也就是说，葬礼和我们之间存在很长的现实距离和心理距离。这种距离感造就了葬礼文化。九成的葬礼都要在殡葬企业的指导下进行，因为遗属不明就里。这些企业不会向人们解释个中原因，只是发号施令，葬礼就这样演变成了"提线木偶戏"。如果人们日常可以稍加了解，葬礼文化也就不会如此死气沉沉了。

如果是丧主，那么与葬礼有关的全部选择都应该亲自决断。可惜自己没有经验，加上葬礼本身又不是社会普遍性事务，结果无从下手。于是，免不了挨宰、花冤枉钱，因为涉足陌生领域的确很难，最终只能按照殡葬企业的要求去做……家人去世，本来就没心思多想，甚至连自己被宰了都不知道。可以说，这样的情况比比皆是。

葬礼上，一根牙签都是钱。绝对没有免费的东西。每当看到动辄几百万韩元的殡仪馆灵堂使用费和入殓用品费，我都情不自禁地叹气。遗属出于好意，什么都愿意为故人做，到头来还是离不开钱。毕竟不好的事情不常有，遗属只想着一样都别落下，殡葬行业的人偏偏抓住了这种心理。

关于葬礼，我的建议是千万不要盲从他人，不要事无巨细地和企业无休无止地沟通交流，只选基本配置。

没有必要在意别人的眼神。至于棺材里的花饰、豪车和寿衣等，前面也已经说过，最好所有的形式都能比现在朴素。如果一定要往棺材里放花，也请尽量从简，只要足以传达对故人的心意就够了。

一切都可以再减少。现在通行的是"三日葬"。最后一天早晨，送亡者出门的时候，其实也可以不用出殡祭。

初次入棺之后，在灵堂摆上祭品，敬一次酒，表达对故人的礼遇，这样足矣。近来，男子通常把西装作为丧服，那么只要丧主自己穿丧服就行了，其他人不必因袭穿累赘的丧服。饮食方面也需注意节约，不要浪费。抛开费用不说，仪式现场剩下的食物实在是太多了。

不如问问负责葬礼的殡葬师："这个非做不可吗？"你要经常打上问号，经常聊天，逐步找到答案。如果你觉得没有答案，那就大胆地去掉，只做必不可少的部分。

如果事发突然，任谁都难以保持冷静。所以，我会建议年事已高或抱病在身之人的家属，提前去"消费葬礼"。这句话听起来是不是有点儿奇怪？"消费葬礼"又是什么意思呢？就像生活中的日常消费一样，在购物时，我们会剔除没用的东西，一再精简，这样就不会中企业的诡计了。

老人去世之前，最好先去殡仪馆好好看看报价单。寻找周围合适的殡仪馆，仔细询问，把项目整理清楚。哪家殡仪馆的什么项目多少钱，哪家殡仪馆虚设徒有其表的项目，凡此种种，认真比较就能做到心中有数了。事前也能规划好，为了送走故人需要准备什么。

至于葬礼，更没必要在意他人的目光，只要发自内心，自己能理解和接受就行，做好分内之事。最宝贵的是祈祷故人永远安息的心意，其他一切都是次要的。这点请务必牢记。

趁人在世的时候做好充分准备，我认为这是经过深思熟虑的贤明之举。众所周知，最近有个词叫作"死亡清洁（death cleaning）"，意思是为了应对自己的死亡，提前处理物品。整理自己的周边，抛弃无用之物，过简单的生活，这也是出于死后不给活人添麻烦的考虑。

从这个角度来看，年迈的老人给自己准备寿衣并不是什么坏事，子女们更没必要认为不吉利，或者碍眼。换句话说，我们没有必要把生和死割裂开来。面对死亡，掩耳盗铃并不可取。

现在，殡仪馆的气氛也比过去明朗多了。或许是因为年轻人不再轻易受到过去的葬礼文化和氛围支配了。当下，无论做什么，都要精打细算才行，这种社会氛围值得赞许。在距离我们并不遥远的二十一世纪初叶，殡仪馆的氛围也不是今天能想象的。我们年轻的时候更糟糕，只能唯命是从。相比从前，现在的世态合理多了。

葬礼是我们生活中不可避免的仪式，所以还是做好准备吧。既要用心，也要出力。请记住，这是在守护故人的遗志，故人不过希望我们无论如何都能活得幸福、从容。这就够了，别的都不要紧。

所谓血缘，有点可怕

一天清晨，住在附近的朋友打来电话，说他在户外运动，发现河边有人自杀，很多人围观。朋友又说，因为想在救护车来之前联系上这个人的家人，有人翻看了他随身携带的钱包，结果在里面发现了一张写着我的姓名和电话号码的便条。我也很好奇，怎么会有我的联系方式。就在当天下午，死者的儿子给我打电话了。

于是，我急急忙忙地赶往殡仪馆，帮忙操持葬礼。那天真的很尴尬。那个年过四旬的儿子也不知道自己的父亲怎么会有我的联系方式。一定是有原因的，故人记下我的姓名和电话号码。要么是在我提供葬礼服务的时候见过我，要么就是早已知道我在做这项工作。

所以，逝者写下我的姓名和联系方式，是想旁人可以联系我去操办他的葬礼……葬礼尾声，我从逝者的朋友那里听说了他自杀的原因。那人悄悄地告诉我："儿子创业失败赔光了，为了救那小子，他退了自己租的房子，要回的押金全给了儿子。他自己都没地方住……就这么走了。"

走之前,他还留了便条,说要是自己的孩子办葬礼,还要花很多钱,可以联络我们服务团。他知道我们是免费举行葬礼。

不管怎么说,故人已经离开了这个世界,只是这让他的子女怎么活下去呢。花不花钱暂且不说,这样做非但没有帮助,反而朝孩子的心里揳了一枚终生拔不掉的钉子。尽管世界上没有能打败子女的父母,为了子女甘愿献出生命,甚至这被一些父母默认为是理所当然的,可是……

家庭是什么?不,在这之前,血缘是什么呢?从事这项工作期间,我听到了无数与家庭、血缘有关的故事。尽管上面的例子多少有些极端,然而像这种难以言说的事情其实不胜枚举。

给我基因,和我分享基因,而且和我相似的某个人正在某个地方生活。这一系列事实好像告诉了我们很多信息。更有甚者,愿意为我献出自己的生命。这让我们不得不停下脚步，沉思一番。

我相信，这种与我最亲近的血缘是人类应该守护的诸多关系中最为重要的根源。血缘关系是比想象中更深的缘分。除了父母子女，同一个屋檐下长大的兄弟姐妹也是这样。

人世间的确有很多乱七八糟的家庭和家庭关系。我们没有必要因为是家人就无条件地爱护，很多时候反而是家人自身出了问题，导致他们无法得到别人的爱。事实上，很多人为外人付出更多的爱，哪怕和自己没有血缘关系。

但是，血缘超越了这番爱的交流。正因为血脉相连，所以更要理解对方。这时，理解的力量就会胜过爱的力量。

所谓血缘，就是即使不能予其爱，也能成为某种力量，这种力量会促使我们发问：那个和我血脉相连的人为何如此立身处世？应该成为这样的力量。哪怕全世界的人都指指点点地骂那个该死的家伙，血亲都不能这样做。从这个角度来看，有无血缘当然大不相同。

无论是父母、子女，还是我的兄弟姐妹，抑或其他血亲，假设某个和我有血缘关系的人杀了人，即使全世界的人都怒骂谴责，执意要求判处死刑，作为血肉之亲，也应该向前进一步，即有必要在定罪前先打上一个问号。原谅或者给予无条件的爱，都不能消除滔天罪孽，要从更深的层次理解。

为什么我的父亲要行凶？为什么我的孩子要行凶？"我的子女或父母杀人了，应该被判死刑。"我们应该摆脱这个定论，而追根溯源："动因是什么？"我们应该去寻找这个问题的答案。即使真的罪该万死，也要去思考："他这样做的原因是什么？"这样的思考非常重要。

究其根本，促使我们迈向提问阶段的正是血缘。所谓血缘，就是以对一个人出生以后几十年间的"了解"为基础，在漫长的岁月中，通过注视和拥抱得以勾勒出这个人的轮廓的深刻的真实性。如果不是家人，任何人都不可能知道这种真实。

所谓血缘，就是毫不保留地展示那些不能暴露给别人的阴暗面，肆无忌惮地谈论那些生死攸关的事情。所谓血缘，蕴含着我们在这个世界上绝对无法隐藏的真相。对我的生活、履历和缺点了如指掌，并且没有什么可隐瞒的，这样的存在最重要。

血脉相连的人无处藏身。我现在不是要翻家谱，只是想谈谈那些为子女献出生命的父母的故事，以及这些故事带给我的震撼，我从中感受到的血缘关系的可怕和沉重。

没有必要因为是家人就倾囊以授。相比物质的给予，更重要的还是给予信任的可能。即使我毫无保留地展现出丑陋的过往和伤口，还有人能站在我这边为我考虑，也能不带偏见地注视着我。毫无疑问，这份信任最为重要。血缘正是能够给予这份信任的最小堡垒。

我认为，血缘就是人类的"括号"。我们都知道，在数学规律中，凡是括号里的运算符号都要无条件地优先计算，只有括号里的算完了，才能去算括号外的。我们首先想到血缘关系，这是非常自然的欲望表达，就像括号。

但是，我们还是要在这个基础上更进一步。因为我们最了解自己的家庭成员，可以将其放进括号里，不过也正因为要将其放进括号，所以就更要做到对其知根知底。这是血亲的义务。如果只是不停地给自己的家人打问号，却不努力深入了解，做出回答，那这样的血缘之爱也只能停留于动物层面，只停留在口头罢了。

关怀始于"经常"

既然血缘赋予我们以"括号"的意义，那么摆在眼前的问题便是：我们能否在日常生活中将之付诸实践呢？我想到的是"经常"这个词。具体而言，关怀的开始就是持续不断地创造机会经常联系、经常见面。

联系你的家人和亲友吧。首先联系起来。见见面，吃吃饭，互相看一看对方。千万不要忽视任何可以见面的场合。只有经常联系、见面，才能保证关系不至于断绝，关怀才有了基础。很快，始于血缘的关怀自然而然地就会延伸到邻居那里。

当然，你肯定不希望维系那种很辛苦的联系和见面。究竟是什么样的关系让你感到有压力呢？是本末倒置的关系，是必须断绝的关系。只有双方都不觉得累，尽可能地"经常"惦记对方，关怀才真正开始。千万不要忘记这点。

到我的爷爷为止，父亲的家族是八代单传。爷爷则生了六个子女。前面已经说过，兄弟四人到了（朝鲜半岛）

南方，而我的父亲是老大。现在，他们都已谢世，上一辈中只有小叔母还在世。

现在想想，父亲从北方过来，在这边无依无靠，因而非常重视兄弟之间的关系。另外，父亲格外强调让自己容身的村庄共同体。关心邻居，逢人便打招呼，把邻居当家人般爱护有加。

上辈四兄弟生下我们这一代十四人。十一男，三女。五年前，我的大哥最先离开了人世。

留在世上的我们都过得很热闹。经常相互问候，每年都要扫一次墓。每次节日聚会，我们也都当成小小的乐事。尽管也有这样那样的不足，然而我还是继承了大哥的衣钵，竭尽所能地处理整个家族的大事小事。我总是挨个联系，确定见面的日期。

受父亲影响，我也成了重视家庭的人，当然也做到了超越小家，关照到远亲乃至整个家族。父亲总能延续亲属之间的缘分，毫无疑问，这样的长辈起着非常重要的模范作用。

今时不同往日，每个家庭只有一两个孩子。家里碰上什么事，孩子们打来电话，长辈们就会说："喂喂，不要来。你们也都很忙。"在我看来，这是错误的做法，糟糕透顶。面都不见，怎么能知道什么是骨肉血缘呢？只有见面才能真心照顾对方，不是吗？

太忙了，没法参加那些场合？要是有人突然去世，那当然是无可奈何的事，然而每年例行性的家庭活动都是提前一年就定好了的。如果一个上班族连一年后的日程都安排不了，不是没过好社会生活，就是在职场上遭遇了危机。若真的重视自己的亲戚关系，自然会对工作做出相应的调整。

无论是面对自己的血脉，还是在自己生活的村庄，我们都应该精心料理身边的共同体。这是非常必要的态度。然而当今社会极其缺乏这样的氛围。我相信，缘分就来自这份无微不至且长久坚持的心意。

直到现在，我还能见到将近六十年前住在一个村子里的长辈的孩子们。那是我治疗癌症的时候，我在庆北大学医院见到了一位长辈的儿子。他已年逾八旬，单论年龄，算是我的父辈了。"啊，你不是凤熙吗？"他认出我来。

我们聊了很久，相互鼓励不要怕疼，要加油。

父亲朋友的孙女，按辈分算是我的子辈了，经常打电话问候，开口就喊"大叔"。我也经常向她问好。父亲生我很晚，那个人比我年纪大很多，现在已经是老人了。不过这又有什么关系呢？直到现在，我依然记挂着由父亲的朋友派生出的缘分，并且经常联系。我们会一起变老，一起死去。

人是社会性动物，不可能独自生活，更不可能独自死亡。人毕竟不是老虎，也不是豹子。人和谐地生，和谐地死。

孤独让人痛苦。如果生活在彼此经常接触的集体中，那就不会痛苦了。人和人需要对话，需要见面。既然不是独自生活在无人岛，那么与人交流就是不可避免的事。

也许你会想，要是独自过隐居生活该多舒服啊。但是，没有人能独自造汽车、盖房子、干农活儿。

尤其是现代社会，我们不仅要超越个人的孤独生活，还有必要超越小家之间的沟通和关爱。只跟和自己相似的人、一个圈子里的人交往，这并不难做到。但今后，超越家庭的"社会"会发挥越来越重要的作用。如果你想生活在一个更好的社会里，那就应该尽快跳出小圈子，跟更多的人交流，更频繁地相处。同时也要告诉孩子们，墙外还有邻居和朋友。

我希望孩子们、年轻人能够经常问候与自己有血缘关系或居住在同一社区的人，经常见面，分享情义。哪怕挪用了自己的时间和金钱，也不能忽视周围的关系。即使不是家人，即便只是远亲近邻，最好也能试着将他们放入自己的"括号"里。

这样做必将收获不可估量的回报。人的"括号"越宽越好，因为我们都生活在社会乃至整个世界的"大括号"里。

关于遗产和继承

大约七年前，一天区政府向我传达了某中年男子去世的消息，我连忙赶了过去。死者不满六十岁，家里条件肉眼可见很苦。韩屋瓦房的地板和天花板坏得厉害，泥墙上到处都是窟窿。房间内遍布蜘蛛网，尸体则平躺在里屋。

首先送往医院，殓袭尸体。第二天，正在整理文件材料时，忽然听说医院附设的殡仪馆已经准备好了灵堂。我不知道这是怎么回事，赶紧联系了殡仪馆的工作人员。平时有些交情的他告诉我："团长走后，死者家属就去了他家里。对了团长，你不知道他家很有钱吗？"

经过打听才知道，原来死者生前在地板下面铺了很多万元（一万韩元）钞票，有几千张。纸币都粘在一块儿，越数越多。死者所在洞①的居民中心毫不知情，按照低保户的标准送来大米和其他救济。那么简陋的房子里竟然堆

---

① 洞，韩国行政区划单位之一，相当于中国的街道或社区等。——编者注

积了这么多的钱，谁又能想象得到呢？

不过，遗属是知道的。他没有妻子和子女，有姐姐、弟弟和侄子，亲属知道他攒了很多钱。人刚走，遗属就动用这些钱办了葬礼，剩余的则都分了。我去殡仪馆的时候，他们不容置喙地对我说："谢谢您帮忙殓袭遗体，现在请离开吧。"

殡仪馆的工作人员跟我打趣道："团长真像个傻瓜啊。这个事怎么能不知道呢。"虽然即使事先知道也不会有何改变，不过我还是半真半假地玩笑道："喂，你这个家伙，你知道那是什么样的房子吗？地板和墙壁都烂了，还透风，谁能想到那样的地方会藏着钱啊？"不管怎么说，还是多亏了故人留下的钱。死讯刚传出，亲属们闻风赶来办了葬礼，只是他们没想到数目会那么大。

我们国家的人为什么对遗产和继承这类话题如此敏感呢？为什么会眼馋死者的钱财呢？还真是莫名其妙。因为从事这项工作，我得以见识遗属们面对遗产时的千姿百态。多少人在逝者生前从未露面拜访过，却第一时间赶来分遗产……这也算是血亲吗?

亲属关系的近远通常决定了继承的先后顺序。至于遗属们辱骂故人的原因,大部分与遗产和继承有关。如果生活宽裕,基本不会发生"孤独死"的情况;如果只留下一星半点儿,则更容易挨骂。显而易见的是,亲属关系在某种意义上与金钱紧密相连。总有一天会从那人手里得到些什么,因为存在这样的可能,所以关系得以维持。

当然不是说父母的遗产不该给子女,或者不给活着的亲属。但是,这边咬紧牙关一分不落地给,那边两眼冒火贪心不止,难道不成问题吗?不给女儿留一分钱,把儿子放在第一位,兄弟之间也要排出顺序,这样的时期还没过去多久呢。

直到今天,我们身边仍存在以"舐犊之爱"为名,无条件把全部财产转移给子女的现象。世宗市开发期间,很多在那边持有土地的人都得到了补偿。有个跟我关系很好的朋友拿到了几十亿韩元。现在那些钱还在父母手中吗?差不多都让孩子以各种借口拿走了。有的说开公司,有的说买公寓,无论是什么理由,反正钱都被瓜分了。父母活着的时候尚且如此,一旦去世,还不知道要上演何等激烈的战争。

最重要的是,子女要先改变自己的思维。父母的人生是父母的人生,子女的人生是子女的人生。尽管父母有可能从他们的父母那里继承了巨额财产,无论如何,父母现在所拥有的就是属于他们自己的财产、自己的人生。我们每个人不是都应该去过自己的人生吗?无论是种地还是做别的什么,我们都应该去开拓自己的生活。

我在四十多岁的时候得了癌症,当时身无分文。住院费如雪球滚滚而来,无奈之下只好卖掉房子。真的很难。但作为父母,还是应该竭尽全力供孩子读书。身体不舒服,工作不能停。就这样,到两个孩子大学毕业的时候,家已经被掏空了。

两个孩子工作之后,我们连十韩元都没再给过。结婚、买房子也是他们自力更生,一分钱都没有出。如果有钱贴补的话,自然另说,实在没钱,又能怎么办呢?

我不知道是不是因为自己没什么可留给孩子的,所以才有这种想法，不过我还是希望子女不要紧盯着父母的钱包。"要是父母稍微帮衬一下，我就成功了……"最好不要抱有这样的心思。否则，很难实现自身发展。我从没见过有谁拿着父母的钱一辈子吃喝不愁的。父母对孩子，不应授之以鱼，而应授之以渔，再适当给点儿鱼饵，仅此而已。

为了留下更多财产，父母苦苦奔波。我们国家的这种氛围什么时候可以改变呢？为了抢占遗产反目成仇，实在叫人无法理解。同样不能理解的是苦苦挣扎，只为给子女多留哪怕一分钱。

在国外，有钱人通常选择回馈社会或者捐赠，真是令人羡慕的文化。只有社会财富增加了，社会才能安定，才能更稳定地守护每一个成员。与其代代继承家庭财富，不如回馈自身所属的社会。我们国家的国民可能达成这样的共识吗？家庭观念固然很好，"根文化"也没什么坏处，可是从更大的范围来看，所有的社会成员不都是血脉相连的吗？我们什么时候才会有这样的认识呢？

当我疲惫不堪的时候，父母等亲属能够成为让我依靠的后背,这样就足够了。无论何时,我都能舒舒服服地靠着这个后背。这是人世间最温暖的关系网。但是,依靠久了,不仅不想挪开,反而用力摩擦,那样也会坏事。因为遗产和继承闹得不可开交,唾沫四溅,实属不幸。遗憾的是,我一无所有,不能对置身其中的社会大大方方地说,"我来请客"。

虽然家人会忘记他们,
　但我们……

照顾逝者这件事，人人唯恐避之不及，我就这样做了十七年。当然，只要力所能及，我还会做下去，直到死亡来临。这项工作，谁能代替我做呢？

如果我们的社会保障体系足够完善，那么像我这样的角色也就没有必要存在了。我相信在我离开后，随着时间流逝，我们国家的福利会越来越好。虽说我们现在已经迈入发达国家的行列，但是要走的路还很长。我认为，不论是生是死，国家都有义务对国民负责到底。

进入二十一世纪，我刚开始从事这项工作时，大邱市政府也有专门处理无亲属尸体的人，是两个合同工。其中一个辞职后，市政府辗转联系到了我。我去见了市政府的负责人。他说人手太少，很不好找，所以拜托我提供几个志愿者。

稍加了解，我就发现那两个公务员做的确实不是一般人能承担的。如果区政府向市里递交公文,上报"我们区发现无亲属尸体",那么这两个公务员就要把尸体放入棺材,再把棺材抬上一吨重的面包车,开往八公山附近的临时埋葬地。他们还带着铁锹和镐头,到地点后挖地刨坑,将尸体放入写有编号的棺材,最后填埋起来。

真是不可思议。坦率地说,那里不是真正的临时埋葬处。殓袭和寿衣暂且不说,死者竟然就穿着原来的衣服被直接埋进泥土,甚至没有盖好土,时间长了尸体必然暴露在外。我向负责人质疑,如果连钱都不给,那谁会愿意白白听令带着铁锹和镐头刨地埋尸呢?

当时葬礼方面有关法律规定,凡无亲属尸体,都要安厝,骨灰纳入奉安堂[1]。我问:"法律明明要求安厝和放于奉安堂,为什么不放入奉安堂呢?难道就这么辛辛苦苦埋葬,等到十年之后再挖出来进行火化吗?"对方回答说,和市里运营的火化场和骨灰堂没有这方面的合作。直到那个时候,公务员们根本没考虑过这件事,只

---

[1] 奉安堂,安放并保存骨灰的地方。——编者注

是按照老样子工作罢了。

我说:"我们不能再像现在这样随随便便把尸体装进棺材、临时埋葬了,应该善待尸体,穿上寿衣送去火化,把骨灰放入奉安堂。"随后我提议,让他们给我发文件和公文,我来承担照顾无亲属尸体的工作。别的地方是什么情况我不知道,不过大邱就是从那时开始,不再安厝无亲属遗体。最近,应该都会像这边这样进行火化和纳入奉安堂吧。

国家应该为我们提供充分的保障。这也是我们建立国家的目的。即便是家人都坐视不管的无亲属者,他们的尸体也不应该被草草地扔进地里。而妥善安置这件事,只有社会和国家能做。

尽管不是父母,尽管没有血缘关系,一个人出生以后,国家就要对他负责,直到这个人去世,甚至去世之后仍要负责。这就是我们纳税来建设这个社会的理由。

俗话说,久病床前无孝子。很多时候,去医院看护也不是长久之计。要是家里有患阿尔茨海默病的父母,情况就更糟了。现在的家庭通常有一两个孩子,如果让其中一个照顾父母,他的家庭也就垮掉了。难道因为父母生了病就弃之不顾吗?当然不能。

所以说,我们应该通过医疗保险、疗养设施、国家照看等社会系统,建立起互帮互助的共生机制。在家庭无力掌控的范畴,我们就要启动这套机制,彼此支援。这项事业至关重要。

这样说来,建立起这样的认识就显得非常重要了,即我们每个人都随时有可能成为社会弱势群体的一员或其家人。谁敢保证自己不会患阿尔茨海默病?谁敢保证自己不会变成残疾人?谁敢保证自己的子女或父母不会遭遇意外?谁又能保证自己不会沦为家庭的包袱呢?

几年前,在首尔发生过这样的事。某地计划建特殊学校,遭到当地居民极力阻挠,残疾人的父母见说服不了他们,最后跪下哀求。一个家长流泪诉说着,对面毫无松口之意的居民却喊道:"你自己看着办!"当时我就在现场,目睹了这一幕。令人震惊的是,这句"你自己看着办"摧毁了我们赖以共同生活的社会基础。

讨厌让自己不适的一切，身边不能出现碍眼的东西，只要自己过得舒服就行，这种利己主义才是落后思想。那些为谋求眼前利益不择手段且只图自己和家人享受的人，正在侵蚀我们的社会。他们才是目光短浅的愚蠢之人。

国家赋予生活于其中的人以尊严。从这个意义上说，没有国家，人也就没有立足之地。虽然是先有个人，而后由众人建设了国家，可是不得不承认，正因为有了国家，我们才能享受到秩序井然的人世生活。我们可以想象一下，那些因为没有像样的国家而受苦的难民。一个没有祖国的人，常常会受到蔑视和迫害。

所以，我们纳税是应当的，国家收税并对本国国民负起无限的责任也是应当的。无论贫穷还是富裕，国家都要为本国国民提供教育、医疗、住房等方面的基本设施。我们国家也过上了好日子。当然，国家的钱不会凭空而来。我们的孩子和孩子的孩子有朝一日必须偿还这些钱。世界上没有免费的午餐。

偶尔会有亲近的朋友跟我说，"我喝杯酒都觉得浪费，朴正熙①让我们吃上了饭,现在的人真有问题,整天喊着福利、福利,就喜欢免费"。听到这样的话,我很生气。"你现在说的都是五六十年代的话了,这是排着队领玉米时说的话。那都是什么时候的事了。什么朴正熙,什么新村运动啊,那个时候心存感激还情有可原。但是现在,不是说这种话的时候了。"

当然,国家做得越多,国民就越依赖,希望得到更多。如果无法餍足就破口辱骂,这种也是错误的。况且,不能说不存在这种心理。

但是,国家还是应该履行基本义务。即使家人不能照顾,我们也可以通过国家所建立的社会保障体系,率先保护弱势群体。千万不要忘记,这样做会让我们更幸福。

---

① 朴正熙(1917—1979),1963—1979年任韩国总统,执政期间,推行"新村运动",开展农业改革。——编者注

我无法忘记的那个公务员

从法律上说，在遗属签下弃尸承诺书的那一刻，亲属关系也就断绝了。这时，尸体就该由国家来负责。作为最后的主管者，死者生前所在区的区长会具体执行丧葬事宜。作为国家的行政区划单位，市、区、郡等是死者与这个世界最后的联系。

令我印象深刻的电影《寂静人生》（*Still Life*，2013）的主人公也是负责丧葬事宜的公务员。尽管没有人理解他的工作，但他还是努力寻找无亲属尸体的亲属关系。电影舒缓而细腻地呈现了主人公不想让任何人孤独死去的心情。

起先，所有的人都选择回避死者，只有这个公务员不厌其烦地联络。得益于他的奔走，逝者最后在人世间有个温暖的结局。这部电影让我想到，无论是西方还是东方，人们想要连接起生者和死者的心是相通的。电影也给了我莫大的安慰，这个世界上到处都有和我一样不愿让人孤独离世的人。

即使有人已经被遗忘，稍加了解便会发现，也许他不该就那样被遗忘，被排斥。如果有人稍微留心观察、建立联系，说不定其他人就会对他产生新的认识，赶来表达哀悼之情。我也常常抱着这样的希望工作。

几年前，有个公务员就像这部电影的主人公那样，深深地感动了我。当时，她是寿城区泛鱼3洞居民中心的职员。我有生第一次直接给区长写信，希望她能享受更好的待遇。

某个白天，我接到了有人在家中去世的电话，连忙赶了过去。到了后发现，逝者的妈妈和哥哥都是智障人士，逝者则是肢体残疾。我赶到的时候，逝者已经去世一两个小时了，然而他的妈妈、哥哥并不知道自己的儿子、弟弟已经死了。进了屋，这个窘迫家庭穷得让我心里直发堵。哥哥连裤子都没穿，只是呆呆地望着虚空。

出来迎接我的公务员是位女性，看样子有三十多岁，不到四十吧。尸体的气味已经弥漫整个屋子，但她就那样泰然自若地坐在那位妈妈面前，紧紧握着她的手。这个公务员知道逝者的妈妈和哥哥是智障人士，早就和他们建立起了联系。

不仅如此，那三天，她还开自己的车接送逝者的哥哥，让他亲眼见证了弟弟最后的路和殓葬的过程。尸体殓葬之后，她紧紧地握着哥哥的手，眼神充满悲伤。我清晰地记得她的样子。从殡仪馆到火化场，再到安放骨灰，她全程奔波。如果只是普普通通的诚意，绝对做不到这样。

我是追随个人喜好做事的人。像我这样的人，无论做什么都遵从自己的意志。对我而言，照顾逝者是职责所在，从未想过由此混口饭吃。可是，那个人并非如此。作为公务员，她不是单纯例行处理自己分内的事，而是坐在尸臭弥漫的死亡现场照顾遗属。这非常了不起。

我给区长写了封信，没想到寿城区秘书室打来了电话。大意是说，既然是我说的那样，那应该为她请求大邱市市长的表彰状。于是，我又去了市政府，申请提高那位公务员的待遇。

后来听说她升职了，具体是什么情况我就不得而知了。就像偶然路过某个地方，听听也就算了。再后来，我接到了她打来的电话。原来，秘书室建议她，"给团长打个电话吧"。她并不知道我联络市长的事，对我说："当时您把尸体处理得很好，非常感谢。"我觉得这样就足够了。

我曾长期跟公务员共事。事实上，不能对公务员抱太大期待。他们几乎不会出现在死亡现场，即使来到现场，也不会对尸体表现出什么礼仪。至于坐在尸体旁边，那更是不可能的事情。他们通常只是站在外面，也不会赶到医院。

服务团到处奔波，处理善后事宜，时间长了我们就发现，大多数情况都是草草了事。公务员们整理好文件发过来就算完事了。他们只负责确认、批准文件和公文。对公务员来说，某个人的死亡无非是一纸文书罢了。工作就是工作，而且他们还要处理很多通过文案往来的死亡事件。这些我们也能理解。

越是这样，那些怀着真情守护逝者临终一程的公务员就越显得可贵。那位曾经感动过我的公务员，我衷心希望她能给继任者和后辈们带来思考。

死亡无国境

最近，很多外国人来到我们国家工作和学习。我居住的大邱市距离龟尾市的工业园区很近，那里外国工人不少。有一段时间我也殓殡了很多外国人的尸体。

对逝者的礼节不以国籍相区别，是理所当然的事情。无论是哪个国家的人，死亡终归是悲伤的事。正确的做法是，尽可能地提供帮助，将逝者送回国。只要确认了身份，我会给予适当的帮助，陪同遗属安排葬礼。

不过，也有身份无法确认以致耽误殓殡流程的例子。几年前，得到过一个中国人去世的消息，当时我就赶了过去。周围的人说法一致，我就未多想，默认他是中国人，可是又怎么都找不到证据能确认他有中国国籍。

除了入境文件，我们还采集了指纹，再三调查他的身份，没有任何结果。后来又联系中国大使馆，得到的答复是不知道。但是，可以确定的是，他不是韩国人。

即使他是非法滞留者，那也应该有入境记录，怎么会没有这样的文件呢？出入境管理局也去了，还是没有任何证据表明他是入境的外国人。最后只能把尸体先搁置起来，过了几个月才草草火化。

我也曾处理过在龟尾的工业园区工作的外国工人的弃婴。也许是这两个工人的处境太困难，孩子刚出生便因败血症休克夭折，当时他们也没火化，直接遗弃了。看到小小的婴儿尸体被盛在巨大的西装盒子里，我感到茫然失措。

虽然在那之前我也殓袭过小孩子的尸体，可是那一次我打心眼里抗拒。本应无忧无虑、天真烂漫地茁壮成长的孩子，不幸地早早地迎来死亡，这本身就足以令人沮丧。尽管生与死都是自然的生命历程，可是每当看到电视上报道孩子的死亡，我都会立刻关掉电视。我压抑着痛苦，殓袭了这个外国婴儿的尸体，艰难地做了火化。

那是去年的事了。我得到消息说，有个千禧年出生的越南女学生来韩国学习，不幸身亡。那是个刚满二十岁的女孩，死于自身免疫性脑炎。女孩太瘦了，光看着遗体就悲从中来。

辛苦送孩子出国留学,如今突然得到死讯,女孩的父母该是怎样的心情?真是令人惋惜。

好在今天有了智能手机,沟通很方便。那个学生的越南朋友们赶到葬礼现场,拨通电话,向她的母亲展示了殓袭、入棺、火化的全部过程。尸体即将进入火口的时候,他们举着电话,让远在越南的遗属们看到了逝者最后的遗容。看着女儿的葬礼,母亲号啕大哭。我也亲眼看见了这个场面。后来听说,她的朋友们带走了骨灰,送到了越南大使馆,再由大使馆代为送回故乡。

尽管是外国人,寿衣、棺材、尸体安置和火化等方面的费用也都照旧,没有任何变动。我们的基础自治团体[①]正在朝着这样的方向发展:既然是"公营葬礼",那就不再区分本国人和外国人,对无亲属遗体的葬礼给予越来越多的支援。越南女学生的居住地所在的区政府也给了她无亲属遗体的待遇,提供了葬礼费用。至于不足的部分,我

---

① 基础自治团体,韩国二级行政区。——编者注

们可以补充，以便完成这项工作。

当然，如果死于国内的外国人是非法滞留者，那就很难提供支援了。不过，即便是这样，政府部门还是有可能会出面，积极准备殓殡遗体所需的文件，并与大使馆和遗属方面进行沟通。即使死者是非法滞留者，也要对其保持起码的尊重和哀悼之情。

几年前，发生过这样的事情。兄弟二人来自越南，哥哥成了非法滞留者，弟弟则拿到合法签证并找到了工作。炎热的盛夏，哥哥不幸去世了。好在越南工友们纷纷伸出援手，凑钱举办了葬礼。众人拾柴火焰高，最后葬礼办得很隆重。在大邱和死者的弟弟商量后，我决定提供帮助，以便尽快完成遗体殓殡和葬礼手续。

我从他们筹集的资金当中收取了最低限度的费用，帮忙殓殡了遗体。后来，他们聚会的时候还邀请我参加，向我表示感谢。

有时候，尽管死者不是非法滞留者，政府也不愿意提供公文，尸体就被冷冰冰地搁置一旁，长达两个月。那个留下三岁儿子的中国汉族青年就是这样的情况。我绝对不是那种动辄辱骂政府和官员的人，可是那次我真的是忍无可忍了。

我听说那个二十六岁的年轻人被游走于中韩之间的职业中介欺骗，背着三千万韩元的债务来了韩国。结果找不到工作，加上身体不好不能从事体力劳动，而且他又不是朝鲜族，不会说韩语，所以什么也干不了。绝望之下，他选择了自杀。

噩耗传到中国，年轻人的父亲和妻子千里迢迢赶到韩国。他们看着我，抓着我的手号啕大哭，那样子真让人心痛。他们在龟尾有认识的人，就这样一直往返于中韩两国，等待举行葬礼。不料负责这件事的区政府职员一直拖拖拉拉，最后拖了两个多月才举行葬礼。这像话吗？

他们为死者穿上从中国带来的衣服，做好举行葬礼的准备，然而区政府始终不发公文，飞越国境的遗属只好苦苦等待。区政府的怠工让我怒不可遏。后来，竟然还出了区政府为外国人举行葬礼的新闻报道，我看到时不禁哑然失笑。对故人和遗属最基本的礼仪和良心，到底跑到哪儿去了……

单说外国人死在韩国，已经让人深感遗憾。他们漂洋过海来这里谋生，却惨遭事故而亡。本来是为了赚钱来到异国他乡，结果不幸去世，留在故乡的亲朋好友该是什么样的心情？

事实上，没有外国人，我们韩国也不可能发展，现实便是如此。那些辛苦而危险的工作，现在大部分都是外国人在做，而不是韩国人。尽管我们国家也为外国逝者举办葬礼，整理遗骨并送回国，不过很多政府部门仍会因为他们不是本国人而有所懈怠。

死亡无国境，死亡的悲伤会超越国界。我只希望我们能营造更包容的气氛，建设更健全的体制。当有异国他乡之人在我们这片土地上离世的时候，我们能够予之更真诚的照顾。

婴儿潮一代是最糟糕的

很多人都说过"婴儿潮一代"的话题。所谓"婴儿潮一代",指的是朝鲜战争结束以后,二十世纪五十年代中期到二十世纪六十年代初期出生的人。我出生于一九五三年,也是在朝鲜战争结束之后,算是在婴儿潮一代最前排占了一席之地。

巧合的是,我殓殡过的尸体当中,大部分也是五十岁到六十岁的人。可以说,就是婴儿潮这代人。很遗憾,我对婴儿潮一代人深恶痛绝。我想说的是,这代人对我们的社会干了不计其数的坏事。

这样说是不是太牵强了?也许吧,也许言重了。不过,我的想法不会改变。这代人里的很多男人可谓无恶不作。

来到我们这里的尸体中,男性远比女性多。男性的恶行也更多,抛弃家庭已经是惯常的劣迹了。"他是生下了我,可是那个狗东西算哪门子父亲?我很小的时候,他就丢下我和妈妈自己跑了。现在告诉我他见阎王了，可他是我爸吗？我为什么要认他的尸体？"类似的话，我都不知道从多少逝者的孩子们口中听到了。

很多人都说婴儿潮一代人从小就不容易，长大过程中吃了很多苦。对此，我不敢苟同。事实上，包括我在内的婴儿潮一代人很有福气。小时候并不知道什么是辛苦，因为那时候受苦的是父母，而不是我们。到了二十世纪七十年代中期，我们成年后，国家提供的工作不胜枚举。无论干什么，养家糊口总不是问题。

就这样，赚了钱，成了家。八十年代中后期，这一代的男人已经年过三十，将近不惑之年，他们开始蠢蠢欲动了。抛弃家庭，出轨，游手好闲……这样还能再回归家庭吗？即使回来了，谁能心无芥蒂地接纳？没办法，那么多"孤独死"的例子就是这么来的。

那是一个炎热的夏天。一个独自生活的男人死了。我得到消息后乘坐运灵车赶了过去。与此同时，有个大嫂过来了。原来是逝者的前妻。两人早就离婚了。对她来说，这个男人是跟别的女人跑了的负心汉。当他挥霍完所有的财产，那个女人也跑了。然后他独自生活，独自迎来死亡。这一切，前妻都看在眼里。

走进房间，我发现她已经为逝者擦了身，洗了脸，还给他穿上了衣服。也没想到，炎炎夏日，房间里竟生着火，尸体还盖着薄被。这样一来，尸体很容易腐坏，必须尽快处理。不过，我们还是非常感谢她。毕竟逝者现在和她已经没有任何关系了，只是孩子们的父亲……

我对她说："谢谢您做了我们应该做的事。"但那个大嫂说，这也是她要做的事。多么值得感激的人哪。那个场合，破口大骂都不为过，但她什么都没说。当然，我们过去也只是服务罢了。

那个大嫂告诉我，他们生了两个儿子，但她并不想叫孩子们过来。她自己承担就行了。孩子们都讨厌自己的父亲，甚至恶语相加。我完全理解那种心情。对于这个亡者，我也难以尊敬。

最近，一个女士去世了。根据文件上登记的配偶关系，我去找她的丈夫拿处理尸体所需的印章。这个男人眼神躲闪，畏畏缩缩的。跟他同住的是他另一个"妻子"。

我问："老人家，现在跟您同居的这位知道您和逝者有婚姻关系吗？"他回答说不知道。他一直在欺骗现在同居的"妻子"。

也许是因为死去的妻子不肯离婚，所以才弄成这个样子吧……逝者的存折里还有上千万韩元，我也给她的丈夫带了过来。然后跟他说，现在就去登记结婚吧。要是现在一起过日子的这位也去世了，那就成了没有遗属的无亲无故之人，飘零半世，连葬礼都办不了。

我们这一代的男人，哪怕一无是处，只要带着两个睾丸，就敢理直气壮地口出狂言。我也是这个年代出生的男人，也有很多缺憾和不足，为了不讨人厌，努力做了很多。

不知这种腐朽的文化何时才能结束，只知道从前并非如此。单说朝鲜王朝中期，我们的祖先还是平均分配遗产，而不论性别。难道这些我们都不学了吗？进入朝鲜王朝后期，男人逐渐凌驾于女人之上。女人既不能继承遗产，也失去了作为人的尊严。

在陶山书院学习期间，我曾多次观瞻儒生举行"不迁位"①祭祀的场面。所谓"不迁位"，即国王允许某个家庭为建有丰功伟绩之人举行祭祀，堪称朝鲜王朝最权威的祭礼。

亲临现场才发现，女人和男人一样，都是祭祀的成员，可以平等地参加祭祀。这样的家庭绝对不会瞧不起女人。越是没有学好传统的人，越是嘴上说着传统、传统，暗地里却为所欲为地偷换概念，自我开脱。所以就有人为一己之私逃离家庭，在外放浪形骸……

我知道，最近很多家庭中夫妻之间也用敬语，丈夫和妻子相互尊重。这样再好不过。请记住，婴儿潮一代人，尤其是这一代的男人，是最坏的家伙。更要记住你们的父母曾经过着多么荒伦悖理的生活，千万不要重蹈覆辙。

---

① 不迁位，朝鲜王朝，国家允许建有大功的功臣永远保有在祠堂里接受祭祀的神位。——原注

什么是祭祀

我很清楚，对于现在的年轻人来说，祭祀成了不怎么受欢迎的礼仪。缅怀从未谋面的祖先，到底有什么意义呢？祭祀沦为必须尽快摈除的旧习。确实存在这样的抱怨。那么，我们究竟应该如何看待祭祀呢？

每年十一月份的第一个星期六，我们家族都要上山扫墓。对所有祖先的祭祀都在一天之内完成。我们各家没有单独准备祭品，而是共用一桌，加起来也不是很豪华。无非是水果、肉脯和酒，还有各自父母生前喜欢的食物。祭品很朴素。只是亲人们聚在一起，向祖先们行礼。

至于家族祭祀要进行到何时，我想，这不是我该操心的。我跟现如今已经长大的孩子们说，将来要是只想祭祀父母，那也没关系。我不会因为自己过去和现在一直沿袭旧俗而强求后代。眼下，我只会尽自己的能力一直做下去。

每个人都有自己的想法。祭祀与否，孩子们会自行判断。我只和孩子们讲了前人对于祭祀和扫墓的意愿。至于祭祀能否维持下去，那是后人的事了。我做好分内的事情，死后在那里入土就行了。

二〇〇九年，我在位于庆尚北道安东市的陶山书院的儒生文化修炼院获得了传统礼仪指导师的资格证。我喜欢学习传统礼仪，还和那里的儒生们结下了延续至今的深厚的缘分。不过我想，没有什么比从把礼仪固定下来的角度看待祭祀更愚蠢的了。

现在祭祀祖先时，很多家庭会祭拜到四代高祖。但这并不是祭祀唯一的正确答案。事实恰恰相反。在这片土地上，本就不存在追祭到高祖的祭祀，只可惜知道这个事实的人不多。

从前，我们社会的祭祀非常简单，只祭祀自己的双亲。那个时候，即使只祭祀单辈亲人，也不违反礼节。不仅不违反，反而合乎礼节。

进入朝鲜王朝以后，王族开始进行四代"奉祭祀"[1]。

---

[1] 奉祭祀，虔诚地祭奉祖先。——原注

一切都随之改变了。士大夫们觉得最肮脏且最看不惯的不就是王吗？但他们也无可奈何，说既然王族进行四代奉祭祀，那他们也应该跟随。于是士大夫家也搞起四代奉祭祀。很快，富足的中等家庭开始效仿王族和士大夫。老百姓们便想：要是不祭拜四代，是不是很无礼？是不是做错了什么？于是，四代奉祭祀就扩散到了寻常百姓家。

那么，谁又能说谁无知，谁又能说谁不学无术呢？难道要像从前那样祭祀单辈亲人的人走到哪里都抬不起头，或者自认祭拜到几代才正确，于是就跟别的家庭攀比吗？究竟是祭祀四代的人无知，还是仅祭祀父母的人无知呢？

答案既不是减少，也不是增加。祭祀十次以上的人是对的，每年只祭祀一次或者一次也不祭祀也不能算错。过去那种由男性主导的祭祀固然有可取之处，但是，更加强调男女平等、女性当家做主的祭祀也不是没有可能。

最重要的还是祭祀的本质。至于祭品、祭祀时间，只是细枝末节而已。只有真正了解祭祀于我们而言本质是什么，才能使之适应现代生活。

最重要的是，现在的环境和从前相比已经有了天壤之别。也正因此，年轻人对祭祀产生了强烈的排斥感。过去，四代同堂很常见，祭拜四代人自然而然就发生了。现在早已不同往日，如果固守老传统，无疑是愚蠢之举。

当然，年轻人当中也有人想学习儒家礼仪。过去的传统很珍贵，喜欢的人怎么做都可以。就像我一样，没有必要马上推翻。该继续的就继续，虽然不可能永远继续下去。

但我们也没有必要贬低过去祭祀于我们的意义。从伦理的角度看，祭祀是感恩，感恩让我来到这个世界的祖先，尽管他们并不一定是我们的直系亲属。而在困难时期，祭祀还有特殊的意义。我们能吃到平时很难见到的山珍海味，趁机补充营养。

更何况，祭祀还是家庭成员之间的核心纽带。现在也是这样。祭祀是家庭团聚的习俗和形式。没有祭祀，很多家庭就不会团聚。虽说家庭聚会不一定全靠祭祀，但要找到古老习俗的完美替代品并不那么容易。记好日子，问候与我血脉相连的亲人，仍然是非常珍贵的事情。

至于是不是侍奉自己的祖先，我无法理解在这个问题上争论不休。如今是扫墓都觉得劳累的年代，如果强迫孩子们去祭祀从未一起生活过的祖先，那只能让彼此都疲惫不堪。

尽量不要引起无谓的反感，只去祭祀活着的人耳闻目睹过的长辈。这样有什么不好？现在，遥远的祖先们很难重返人世间。死者根本不知道有无祭祀，祭祀只是生者的游戏罢了。既然如此，首先追求生者的幸福才是正确的祭祀态度。

那么，究竟什么才是正确的祭祀呢？祭祀，就是对自己的生活和身边人表达感激之情的心意，更是与其长久幸福相伴的决心。除此以外，其他五花八门的祭祀都是毫无意义的繁文缛节。在我看来，仅此而已。而能让祖先们心满意足的无非是我和我的血亲彼此关爱，无论他们在世与否。

不要忘记,风水宝地就是"左出租右巴士一分钟"

父亲和他的兄弟们在朝鲜战争期间来到（朝鲜半岛）南方，在忠清南道扶余郡附近站稳脚跟后，又在那里修建了家族墓地。父亲和母亲火化之后，骨灰被埋进了大地。三百坪①的地面上没有坟头，也没有墓碑，只有满眼的青草绿树。我们采取的是平葬。

每年十一月的第一周，去扫墓的时候，侄子们聚集起来，还会一起踢球玩耍。那里地面平坦，可以用机器修剪杂草，汽车也能径直开到墓旁。只是必须借助于竖立在前面的标识石，才能辨别出我们家族的墓地。标识石的正面写着"家人休憩之地"。这也是我说服家人后才写上去的。

上葬礼指导课期间，我了解到韩国最早引入自然葬的是庆尚北道永川市的"仁德院"。听说庆州市崔氏家族中有人去日本生活过，回国的时候带来了在那边学到的墓地

---

① 坪，韩国常用的面积单位，1坪约等于3.3平方米。——译者注

文化。建造墓地的时候，我也跟着去参观学习。"啊，竟然还有这样现代化的墓地文化，真好。难道我们不应该借鉴吗？"当时我就这样想。

我曾在哥哥生前向他展示这种墓地文化，提议择善而从。我们这一代管理墓地时应该好好引导，这样传给孩子们的时候才能让他们最大程度地感到便利。何乐而不为呢？哥哥欣然同意了我的建议，事不宜迟，我们就修建了家族墓地。

从前，墓地大部分在山上。当时的风水讲究"左青龙右白虎"，前有流水后有山。据说，这样能庇荫子孙后代，厚植福祉，等等。类似的说法很多。

现在是什么样呢？那样的场所是不是风水宝地我不知道，不过位于山麓的话，如果做不到定期管理，倒是很容易变成一片狼藉。当今时代，方便后人管理并且轻松探望的地方才是真正的风水宝地。

我想说的是，这个时代的风水宝地应该是"左出租右巴士一分钟"。换言之，是子女停好车后得以步行而至的地方。现在的年轻人，谁愿意爬到偏僻的山顶呢？

活着的人离得最近又最方便到达的地方就是风水宝地。由此推论，市区附近的骨灰堂就很好。这也应该是墓葬产业发展的方向。首先要考虑的是便于子孙后代出行。如果每每跋山涉水，就会懒得来。那样的话，即便是所谓世界上最好的风水宝地，也毫无意义。

所谓墓地，又是什么呢？这和前面说过的祭祀没有什么不同。它应该是这样的空间，我们在此追忆自己的血亲，面对带我来到这个世界上的人，重温内心的感激之情。所以，祖先的坟墓也不必永远保存。如果是远祖，我们祭扫墓地时是不是可以适当节制呢？

偶尔会有人打来电话，咨询移葬事宜。我会问对方移葬的原因。回答通常有这么几种：旁人想买下墓地所在的山，因此被迫移葬；听了风水专家的劝说后想要移葬；墓地位于山顶，扫墓不方便。

于是，方案因人而异。首先我会问清墓前有没有标识石或墓碑。如果有，那就需要刨开墓前的泥土，将标识石或墓碑埋进地里。这样一来就变成无名之墓了。另外还要敬杯酒，不管是爷爷奶奶还是远祖，都要鞠躬吊唁："我们不能再来看望您了。不要因为我们不来就难过，别生我们的气。我们还会再行礼的。"祖先们已经安息至今，现在也无须挖地，不用花钱，只需要告诉他们，逢年过节大家会再来行礼，届时请列祖列宗再回来享受祭品。

现在，考古学家在庆州发掘新罗①时代的古墓进行研究，结果引来一片指责。"这是干什么啊？把我们国家的墓地拆了建公寓，那住在那里的子孙后代岂不就没落了吗？"简直是无稽之谈。果真如此的话，韩国人早就消亡了。

人应该回归自然，这才是正确的。我们不能否认这点。我们无须听那些借此敛财的人信口开河。如果确实存在不可多得的风水宝地，风水先生②怎么会拱手让人呢？他们可以把自己的祖先埋葬在那里，那么子孙后代不是都高枕无忧了吗？

如果有人问我什么是风水宝地，我会开玩笑说去问狗

---

① 新罗，朝鲜半岛古国，在庆州（时称金城）建都。——编者注
② 风水先生，根据风水说为人相住宅基地和墓地的人。——原注

不要忘记，风水宝地就是"左出租右巴士一分钟"

或牛吧。牛在村子里吃草休息的地方就是上好的风水宝地；狗玩累了，坐着打盹儿的后山就是绝佳的风水宝地。

再说了，牛和狗都不会睡在水脉上。因为在那样的地方睡觉，身体会变得沉重。如果把尸体埋在有流水的地方，尸体会延缓腐败，这样不太好。狗和牛做得非常正确。

世上哪有什么风水宝地啊。阳光和煦、风平浪静之地，就是无可比拟的风水宝地。能让逝者永远留在你心里的地方，能让你经常探望的地方，就足以称得上是风水宝地了。"左青龙右白虎"的时代早就一去不复返了。

首先要尊重人，
其次才是传统和形式

我一直在书里强调，生和死在本质上密切相连。我们对待生者是什么礼仪，对待死者就用什么礼仪，世界上并不存在单独为死者准备的礼仪。

有人说，死者的衣服要反着穿，死者的手在交叉时也要与活着的时候方向相反。我问及理由，也只听到对方回答说因为生死相反。以前也听人这么说过。

我认为没有必要这样做。只要在形态上适应这个时代就行。过去的传统是由过去的人创造的。这不是什么客观定律，依据的也只是创始人自己的标准。

我们的祖先习惯在灵堂烧香。为什么会有烧香这样的传统呢？从前没有殡仪馆太平间的冰柜，只能在家里保管尸体。烧香是为了防止尸体腐败，驱赶蚊虫，也为了消除异味。

过去常听大人们说，香火不能熄灭。香烟是死者灵魂通往阴间的道路，香火熄灭，没了香烟，死者就会迷失去路。可是，谁又能确认香烟是通往阴间的路呢？没有人从阴间回来，我们也就不得断定。

我们不能拘泥于过去的传统和习俗。烧香的传统可以保留，不过，盲目认为只有传统才正确莫过于舍近求远了。相比较而言，尊重周围活着的人更重要。

也是出于这样的考虑，我把无亲属尸体的安厝程序换成了火化和奉安。我经常听到独自生活的老人说，活着的时候还没什么担忧，唯独害怕自己死后连尸体都没人收。很多人都说，希望自己死后不要给任何人添麻烦。

活着的时候都有这样的心情。他们死后，如果我们不殓袭尸体，还让他们穿着常服，并且草草地挖坑埋葬，难道不是对逝者的侮辱吗？那不就等于社会强行清除无亲属者的遗体吗？单从卫生保健方面考虑，这样做是不是也不对？哪怕我们做不到像遗属那样对待死者，至少也应该为之穿上寿衣，再敬一杯酒。不该如此吗？

有句俗话说得好，不要对别人家的祭祀指指点点。我深以为然。我们没有必要彻底否定以前长辈们所做的一切，虽然那确实也只是某种习俗和形式而已。如果手头紧，舀一碗凉水祭祀也无妨。

枣栗梨柿[①]也好，红东白西[②]也罢，这些都不重要。这些都没有也无碍。如果是祭祀父母的供品，摆放他们生前最喜欢的东西就行了。这就足够了。

现在我也是这样做的。母亲生前喜欢吃甜瓜和鸡肉，祭祀的时候我们无条件地供上甜瓜和鸡。为什么？因为母亲喜欢啊。

父亲最爱吃的是葡萄。现在葡萄很常见了，然而在父亲去世的年代，葡萄还很珍贵，是稀罕物儿。因此祭拜父亲的时候，就供葡萄。亲戚们都问为什么要供甜瓜和葡萄，我说这是母亲和父亲最喜欢的水果，当然要优先供放。

有人在供桌上放紫菜，有人摆放带鱼。祭品并没有对

[①] 枣栗梨柿，摆放祭祀供品的时候，按照大枣、栗子、梨和柿子的顺序，从左到右摆放。——原注
[②] 红东白西，准备供桌的时候，红色的水果放在东边，白色的水果放在西边。——原注

错之分。记得亲人爱吃的东西，心里时时想起就行了。忌日就是这样的日子。

于是自然而然地，每家每户的祭祀习俗和供品都不相同。将来等到我的忌日，我的孙子问他的爸爸："为什么要供这个啊？"那时，我的儿子回答说："因为这是爷爷爱吃的啊。"这就足够了。再往后，即使供桌上的食物改变了，那也无关紧要。我的意思是说，哪有一成不变的，即使是从祖辈延续下来的东西。

有人因为祭祀而生活困难，我对此很不理解。作为家族的长孙的哥哥去世之后，我们在家做了两年祭祀。几年前，妻子对我提议说，现在工作很辛苦，要不我们去墓地行礼？我当场就答应了。现在去扫墓，我们也只是供奉甜瓜、葡萄、肉脯和一只鸡，然后再敬一杯酒，仅此而已。

形式无足轻重。供桌上摆好逝者生前最爱吃的东西就够了。别的东西又有什么必要呢？陪我共度余生的老婆最重要。除此之外，还有别的答案吗？如果是给上了年纪的人讲课，我会如此回答。还有比这更准确的答案吗？对生者的爱和礼仪不应优先于一切吗？

有一次我走在街头，看见人们正在进行举牌示威，要求承认同性恋和同性婚姻。同行的朋友忍不住破口大骂，我也冲他喊了起来。不，还是算了吧，那都是自己的生活，你不喜欢就不做嘛。他们这样发出自己的声音，肯定不是普普通通的决心吧？那么，尊重他们不就行了吗？

没有必要否定发出自己声音的人。既不必勉强反对，也不必勉强赞同。那是他们的生活。不能因为和自己的价值观不符，就自以为是地批判别人；不能因为想法和自己的不同，就不由分说地指责对方。

没有绝对的好，也没有绝对的坏。因为我从未走进过别人的生活。无论何时，我们需要的只是相互尊重。我们生活的世界上并不存在什么客观的标准。首先要尊重人，其次才是传统和形式。

长辈消失的时代,教育消失的时代

在我们这个社会，长辈好像消失很久了。这也情有可原。我是年轻人的话，好像也很难在当今社会上找到值得尊敬的长辈。

曾经，我们国家被誉为"东方礼仪之国"，今天的年轻人听到这六个字则会嗤之以鼻。过去也有别的国家羡慕我们悠久的大家族制度和文化。我们习惯三代同堂，自然而然地继承了长辈们的文化，而且还很重视人性教育。

我们国家何以沦落为现在这般呢？如今已经是没有长辈、没有爷爷奶奶、没有教育的时代。这是人与人之间的礼仪全部消失的时代。

待人接物的礼仪就像家里无言的空气，可以由长辈言传身教，饭桌上说的每一句话都是值得晚辈学习的箴言。如今，这样的空气和土壤都消失殆尽了。

最近学校里有这样的说法，如果老师批评了做错事的学生，学生家长就不分青红皂白地反驳老师。那么，是谁造就了这样的家长呢？我想，作为这一代学生家长的父母，是我们没教育好他们。我们没能尽到教育的责任。因为他们没有受到该有的教育，结果只听孩子一面之词，便去质问老师。

一切都是我的错，一切都是我们的错。小时候，大人曾告诉我，不许踩老师的影子。我就是在这样的家庭里，受着这样的教育长大的。我们对老师的尊敬，由此可以想见。

前面也讲过我所属的婴儿潮一代的故事。关于我们这代人，我的认识与大众稍有不同。我觉得这代人比任何一代过得都舒服，我们生活在再乐观不过的时代，结果留下了自扫门前雪的文化。我们这代人打着生活困难的幌子，抛弃了自己的子女，也就是现在这些孩子的父母。

当我的同龄人对学校现状愤慨不已的时候，我会跟他们说："这都是我的错，也是你的错。我们不能怪别人。"虽然我们在更为贫穷的时代里长大，但是教育并未缺失。小时候，和同村孩子打架时，父母会首先教训自己的孩子。至于打架因谁而起,那是次要问题。父母教育我们首先要引导自己的孩子,同时还要关心邻居的孩子。

我们这样长大,理应这般教育我们的子女。我们应该教育孩子礼待邻居和习得社会礼仪,而不是整天坐在那里读书考试。但是,我们没有做到,我们没有跟孩子们一起聊过这些。说到底,这都是我们的错。

就像动物会自然而然地效仿爸爸妈妈的行为一样,我们的孩子也是从父母的举止中学习。如果我们珍爱邻里关系,待近邻如家人,那么子女在长大的过程中也会有样学样。我们自己都没能好好生活,没能为邻居和社区做出贡献,结果都悉数反映在孩子们身上了。

现在是"我们"消失的时代。今天的年轻人已经不会使用"我们"这个词了,放在前面的是"我"。我完全能够理解。社会在变,生存又是如此艰难,还能怎么样呢?

有钱人家的孩子托了父母的福,能够一步登天,更多的人则赤手空拳,举步维艰。一开始就输在起跑线,那对社会的失望和愤怒必然与日俱增。买个房子就要二十年,甚至三十年，这样的世界要是存在"我们"这个概念，反而显得奇怪。

年轻人根本没有东张西望的余裕。每天起早贪黑打工，养家糊口已经很难了，丝毫看不到未来的希望。看不清自己要走的路，心里当然急。接着，交流和对话消失了，互相尊重的文化便不复存在了。

如果有政治人士读到这本书，那我有话要说，应该让今天的年轻人活得更有朝气，能够昂首挺胸地生活。现在，韩国持有世界最低的出生率的话题不断出现。暂且抛开生育问题不说，至少要创造最基本的生存条件，让年轻人结得了婚。我们国家已经成为国民收入突破三万美元的发达国家。国家究竟应该承担什么责任，应该制定怎样行之有效的政策呢？

在最乐观最有希望的氛围中，我们渐渐上了年纪。年轻的时候只需十年社会生活就能购买一套公寓或独立住宅，可是如今我们的孩子们生活得那么艰难。国家必须创造从前那样的条件，保证努力工作十年就能买得起房子。不要再找任何借口了。

如果生活变轻松了，年轻人会不会变懒啊？试都没试，就不要先扣帽子。每个人都有欲望，劝都劝不住。人往高处走，水往低处流。渴望成为地位更高的人、更重要的人是一种天性。

一个人一无所有，那么做什么都难于上青天。即使不是自己的父母，也有必要提供能让人可以稍稍依靠的东西。即使不是自己的孩子，也有必要准备后盾般的装备。这是社会和国家的作用。

在这个极度标榜自我的世界上，"我"们还有可能成为"我们"吗？在这个长辈消失的时代，我们能做些什么？

正如前面说过的那样，我们的社会和政界应该更加关心年轻人。对于即将走来的一代人，我也有话要说。千万不要心存事不关己、高高挂起的念头。从现在开始，最好立刻甩掉这样的认识。现在我就希望能有这样的作业，即降低将我们的家庭封闭起来的围墙高度。我希望我们能分享这样的认识，住在围墙那边的人都是我的长辈，培养一个人需要全社会的教育。

令人遗憾的是,现在一个人的人性不是在围绕着他的共同体中自然形成的,作用力被推给了学校,一味追求高学历和好工作,一切因素都困于整齐划一的条条框框里。学校沦为只考虑自我胜利的地方。但我希望年轻人记住,如果只顾自己的一亩三分地,那么我们都无法生存。

读到这篇文章的年轻人肯定会说,"这老头儿站着说话不腰疼"。我也对我的上一代人说过同样的话。不过,年轻人也很快就会变老。今天的年轻人上了年纪后,看着下一代,肯定也会像我这样摇头叹气。每一代都以自己为尺度看待所播撒的后代,这就是世界的法则。

我想要的死亡

死亡不是别的，而是和睡觉最为相似的事。我经常跟周围的人说，醒不过来就是死亡。何必难过，何必纠缠呢？要是能像晚上睡觉似的安然长眠，那该多好……

五年前，我的哥哥就这样去世了。哥哥一直都很健康，有一天早晨，他突然感觉身体不适，吃完早饭就开车去了医院。到了医院之后，医生说是肺炎，要求住院。哥哥听医生的话办理了住院手续。医生说需要用呼吸机，还要服用安眠药。哥哥遵照医嘱服用了安眠药，结果沉睡后再也没有醒来。这就是他的死亡。

当时，我的眼泪控制不住，夺眶而出。为哥哥送终后，我来到医院走廊，躺在地上号啕大哭，完全停不下来。妻子事后说，第一次看到我那个样子，吓了一跳。哥哥对我来说真的是非常重要的人，既像长辈，又像朋友。

我们不会因为死亡和睡眠相似而睡不着觉。想到早晨可以照常醒来，我们晚上才能睡得安稳。一般来说，我们都是在床头和爱人或孩子聊着天进入梦乡，也知道早晨醒来还会看见他们。

可以睁开眼睛，就还能见到那些珍贵的人。瞑目，才意味着永别。所以每次醒过来，都要和他们一起度过愉快而幸福的时光。

很多人说，生与死分不开，活着的时候就要想好身后事。我当然清楚这是什么意思，不过好端端的，我们也没必要硬生生地想象死亡。死亡来临时，顺应天时接受就行了。

没道理杞人忧天。生命即将结束的时候再操心死亡不好吗？快乐的生活，哪怕再多一个小时也好啊，难道不是这样吗？

我的人生很美好。现在想来，更是如此。虽然年轻的时候很辛苦，还被宣告了死期，然而步入天命之年后，我做起朝思暮想的工作，过着幸福的生活。尽管没什么可以留给子女，不过也没关系，孩子们都已长大，只要守自己的本分，也可以过得很好。

小时候我也恐惧死亡，不过倒从未想过自己不会死。因为癌症躺在医院的时候是这样，现在更是如此。活着活着就老了，老着老着就死了，还能有什么例外吗？人生在世，总要回归泥土，这是自然规律……

我们只要记住生死相依就行了。我们只要自然地接受生老病死的常理就行了。

从前，我曾在电视上看到过身患不治之症的人选择安乐死的事。注射镇痛剂之后，患者和周围的家人、朋友们开了派对，结束后独自走进房间，坐在椅子上吃药，静静地迎接死亡的到来。

这样的死亡多好啊！真的很了不起。和家人、朋友都见过了，冷静地做了告别，应该称得上是善人吧。

我也想这样死去。与其挣扎求生，不如叫来亲近的人，好好打个招呼。"你们好好活，我先走了。先去那边占好地方。我在那边就是老资格了，将来你过来要听话。"临别之际，开个玩笑又何妨。"再见了，谢谢你来做我的孙女。"我的目标就是这样舒心地迎接死亡。

我已经告诉孩子们,将来不要为我和妻子进行延命治疗。当我们躺在病床上的时候,不要插什么管,也不要让我们受生的折磨。如果存活率不到百分之十,那就放心地送我们走吧。

这样的死亡,很难接受吗?那个瞬间尚未到来,我不敢乱说豪言壮语。不过我等待着那天,穿上喜欢的夹克舒心地离开。不,我不是等待死亡。死亡只是在我生命的最后瞬间自然来临。我要做的是面带微笑,好好享受今天。